# O ATENTADO

# YASMINA KHADRA

# O ATENTADO

*Tradução*
Ana Montoia

Sá
editora

Capa:
Moema Cavalcanti

Foto de capa:
David Sacks / Getty Images

Preparação de texto:
Isabel Cury

Revisão:
Milfolhas Produção Editorial

Projeto Gráfico (miolo):
Eveline Teixeira

Impressão:
Bartira Gráfica e Editora S/A

ISBN – 85-88193-27-2


SÁ EDITORA
Tel./Fax: (11) 5051-9085 / 5052-9112
E-mail: atendimento@saeditora.com.br
www.saeditora.com.br

Não lembro ter ouvido nenhuma explosão.

Um sibilar, talvez, como o esgarçar de um tecido se rasgando, mas nem tenho certeza. Minha atenção se concentrava toda naquela espécie de divindade em torno da qual enxameava uma matilha de fiéis, que uma guarda pretoriana tentava afastar, abrindo-lhe passagem até o carro. "Saiam da frente, por favor. Por favor, afastem-se." Os fiéis acotovelavam-se para ver o xeque mais de perto, roçar uma aba de seu *kamis*. O venerado ancião voltava a cabeça de tempos em tempos, saudando um conhecido ou agradecendo a um discípulo. Seu rosto ascético brilhava com um olhar afiado como a lâmina de um alfanje. Tentei livrar-me dos corpos em transe que me oprimiam, em vão. O xeque desapareceu em seu carro, agitou uma mão por trás das janelas blindadas enquanto seus dois guarda-costas se acomodavam a seu lado... Depois, mais nada. Alguma coisa riscou o céu e fulgurou no meio da rua, semelhante a um raio; sua onda de choque atingiu-me em cheio, deslocando o tropel desarvorado que me mantinha cativo de seu delírio. Em uma fração de segundo, o céu desabou, e a rua, antes cheia de fervor, agora era só tumulto. O corpo de um homem, ou então de um menino, atravessou minha vertigem como um relâmpago escuro. O que é isso?... Uma onda de pó e fogo veio me engolir, lançando-me entre mil projéteis. Tenho a vaga sensação de que vou me desfiando, dissolvido no sopro da explosão... A alguns metros — ou então a anos-luz — o veículo do xeque queima como uma tocha. Tentáculos vorazes tragam-no, deixando no ar um insuportável cheiro de cremação. O zumbido deve ser aterrador, mas não me dou conta. Uma surdez fulminante raptou-me aos ruídos da cidade. Não escuto nada, não sinto nada. Só faço pairar pelos ares, planando, planando. Levo uma eternidade antes de pousar no solo, nocauteado, desfeito, mas curiosamente lúcido, os olhos maiores que o horror que acaba de se abater sobre a rua. Quando toco o chão, tudo se imobiliza; as chamas acima do carro desmembrado, os projéteis, a fumaça, o caos, os cheiros, o tempo... Só uma voz celeste, pendendo sobre o silêncio insondável da morte, canta: *retornaremos, um dia, um dia retornaremos*. Não é exatamente uma voz; parece mais um frêmito, uma filigrana... Minha cabeça salta em algum lugar... *Mamãe*, grita uma criança. Seu apelo é fraco, mas nítido, claro. Vem de muito longe, de um além apaziguado... As chamas que devoram o veículo não querem mover-se, e os projéteis relutam em cair... Minha mão se busca no meio do cascalho; acho que me pegou. Tento mexer as pernas, levantar o pescoço; nenhum músculo me obedece... *Mamãe*, grita a criança... *Estou aqui, Amin*... Está ali, essa mãe, emergindo de uma cortina de fumaça. Avança no meio dos destroços suspensos pelo ar, entre os gestos petrificados, as bocas abertas sobre o abismo.Por um momento, com seu véu lácteo e seu olhar martirizado, tomo-a pela Virgem. Minha mãe sempre foi assim, radiante e triste a um só tempo, como um círio. Quando punha a mão em minha testa queimando, absorvia toda a febre e todos os temores... E *ela está aqui*, agora; sua magia não ganhou uma ruga. Um arrepio me atravessa da cabeça aos pés, liberando o universo, provocando meus delírios. As chamas retomam sua dança macabra, os estilhaços suas trajetórias, o pânico seus desvarios... Um homem em farrapos, o rosto e o braço enegrecidos, tenta aproximar-se do carro em fogo. Foi gravemente atingido e, contudo, movido por não sei qual teimosia, busca a todo custo socorrer o xeque. A cada vez que sua mão chega à porta, é empurrado pelo jato das chamas. No interior do carro, os corpos emboscados queimam. Dois espectros ensangüentados avançam do outro lado, tentando forçar a porta de trás. Vejo-os gritando suas ordens, ou então era a dor, mas não os ouço. Perto de mim, um velho desfigurado me fixa com um ar embotado; não parece ter notado que suas tripas estão para fora, que seu sangue corre para o charco. Um ferido escala os destroços, uma enorme mancha fumegante nas costas. Passa bem ao meu lado, gemendo e afobado, e entrega a alma um pouco mais adiante, os olhos escancarados, como se não pudesse admitir que aquilo acontecia com ele, bem *com ele*. Os dois espectros terminam por quebrar o pára-brisa, e lançam-se ao interior do carro. Outros sobreviventes acodem ao salvamento. As mãos nuas, desmancham o carro em fogo, quebram os vidros, disputam-se com as portas e conseguem retirar dali o corpo do xeque. Uma dezena de braços o transporta, afasta-o do braseiro antes de instalá-lo na calçada, enquanto uma nuvem de mãos estendidas se esgrime em apagar o fogo em sua roupa. Sinto as picadas de um formigueiro no meu quadril. Minha calça quase desapareceu: restam algumas tiras calcinadas que teimam em me cobrir em algum canto. Minha perna repousa de lado, grotesca e horrível a um só tempo, apenas um mísero cordão fino de carne ainda a retém à coxa. Súbito, as forças me desertam. Tenho a sensação de que minhas fibras se dissociam umas das outras, decompõem-se... Os uivos de uma ambulância chegam até mim, finalmente; pouco a pouco, os ruídos da rua retomam seu curso e, desabando impetuosos sobre mim, atordoam-me. Alguém se inclina sobre meu corpo, ausculta-o sumariamente e afasta-se. Vejo-o ajoelhar-se diante de um amontoado de carne carbonizada, tatear-lhe o pulso e depois fazer sinal aos padioleiros. Outro homem vem tomar meu pulso, para logo deixá-lo cair... "Este já foi. Não há mais o que fazer..." Quero retê-lo, obrigá-lo a repetir sua lição de casa; meu braço revolta-se, me renega. *Mamãe*, faz de novo a criança... Procuro minha mãe nesse caos... Só vejo pomares a perder de vista... os pomares do avô... do patriarca... uma terra de laranjais onde era sempre verão... e o menino que sonha no alto de uma colina.

O céu é de um azul límpido. As laranjeiras formam uma ciranda. O menino tem doze anos e um coração de porcelana. Nessa idade de todas as paixões, simplesmente porque a confiança é tão grande quanto suas alegrias, pensava poder tocar a Lua, como se estivesse bem ao alcance de sua mão, certo de que bastava querer para colher toda a felicidade do mundo... E agora, ali sob meus olhos, apesar do drama que acabava de enxovalhar para sempre a lembrança desse dia, apesar dos corpos agonizando na calçada e das chamas que terminam de devorar o carro do xeque, o menino dá um salto e, os braços abertos como as asas de um gavião, lança-se através dos campos onde cada árvore é uma festa feérica... Lágrimas me atravessam a face... "Quem te disse que homem não chora não sabe o que é um homem", confiou-me um dia meu pai, surpreendendo-me desfeito no velório do patriarca. "Não há vergonha nenhuma em chorar, meu filho. As lágrimas são o que temos de mais nobre." Eu não queria largar a mão do avô, e meu pai ajoelhou-se à minha frente e tomou-me nos braços. "Não serve de nada ficar aqui. Os mortos estão mortos e se foram, em algum lugar purgaram suas penas. E os vivos são só fantasmas esperando sua vez..." Dois padioleiros me suspendem e me jogam em uma maca. Uma ambulância chega em marcha a ré, as portas bem abertas. Braços me lançam no interior da cabine, me atiram quase entre outros cadáveres. Em um último sobressalto, escuto a mim mesmo num soluço... "Meu Deus, se isso for um horrível pesadelo, faça com que eu desperte, já..."

# 1

Terminada a cirurgia, Ezra Benhaïm, nosso diretor, veio à minha sala. É um senhor atento e vivo, mesmo tendo passado dos sessenta e apesar da barriga nascente.

No hospital, apelidam-no de sargento, por causa de seus modos de caporal, agravados por um humor em geral impróprio ou um tantinho atrasado. Mas nas horas difíceis é o primeiro a arregaçar as mangas e o último a abandonar o campo.

Antes de eu me naturalizar israelense, ainda um jovem cirurgião, volvendo céus e terras para conseguir meu posto, ele já estava ali. Embora fosse à época um modesto chefe de serviço, usava do pouco de influência que lhe conferia o cargo para manter à distância meus detratores. Era difícil para um filho de beduíno juntar-se à confraria da elite universitária sem provocar uma reação de desgosto. Meus colegas eram todos uns judeuzinhos afortunados, a pulseira de ouro pendurada no pulso e o conversível na garagem. Olhavam-me do alto e recebiam cada um de meus feitos como uma ameaça à sua posição. Assim, quando um deles me tirava do sério, Ezra não queria saber quem tinha começado; punha-se sistematicamente do meu lado.

Empurra a porta sem bater, me olha de esguelha, uma ponta de sorriso no canto dos lábios. É sua maneira de demonstrar satisfação. Depois, como girei minha poltrona para vê-lo de frente, ele tira os óculos, limpa-os com o avental e diz:

— Parece que você desceu ao limbo para ressuscitar o paciente.

— Ora, sem exageros.

Põe de novo os óculos no nariz de narinas ingratas, meneia a cabeça e, depois de uma breve reflexão, seu olhar retoma a austeridade de hábito.

— Vai ao clube esta noite?

— Não dá, minha mulher volta hoje.

— E minha desforra?

— Qual? Você não ganhou nem uma partida...

— Não está sendo leal, Amin. Sempre aproveita meus maus passes para marcar pontos em cima de mim. Hoje, que me sinto em forma, você cai fora!

Jogo-me contra o encosto de minha poltrona para vê-lo melhor.

— Quer que eu lhe diga uma coisa, meu pobre Ezra? Você não tem mais o pique de antigamente e eu não quero me aproveitar da situação.

— Não me enterre antes da hora. Vou conseguir derrubar você de uma vez por todas.

— Não precisa da raquete pra isso. Um simples pontapé bastaria.

Ele promete pensar no assunto, leva o dedo à têmpora numa saudação desenvolta e sai pelo corredor dando bronca nas enfermeiras.

Sozinho, tento refletir onde estava antes da intromissão de Ezra e lembro que ia telefonar para minha mulher. Pego o aparelho, disco o número de casa e desligo depois de sete toques. Meu relógio marca 13h12. Se Sihem pegou o ônibus das 9 horas, já deveria ter chegado há um bom tempo.

— Não fique inquieto! — surpreende-me a doutora Kim Yehuda invadindo meu canto.

E logo acrescenta:

— Eu bati antes de entrar. Você é que estava nas nuvens...

— Ah, desculpe, não vi você chegando.

Ela afasta minhas desculpas com uma mão altiva, vigia o movimento das minhas sobrancelhas e inquire:

— Estava ligando para casa?

— Não dá para esconder nada de você.

— E, claro, Sihem ainda não chegou...

Sua perspicácia me irrita, mas aprendi a lidar com ela. Conheço Kim desde a universidade. Não éramos do mesmo ano — eu estava três turmas à sua frente —, mas simpatizamos um com o outro desde os primeiros encontros. Era bonita e espontânea e não relutava em pedir ajuda a um árabe, quando os outros estudantes davam nós na língua antes de fazê-lo, mesmo o tal árabe sendo um brilhante e belo rapaz. Kim tinha o riso fácil e o coração generoso. Nossos flertes eram perturbadores de tanta ingenuidade. Sofri um bocado quando um jovem deus russo, recém-chegado de seu *komsomol*, veio roubá-la de mim. Bom jogador, não contestei. Depois, eu me casei com Sihem e o russo voltou para casa sem aviso prévio, assim que o império soviético foi desmembrado. Tornamo-nos excelentes amigos, Kim e eu, e nossa estreita colaboração teceu em torno de nós um halo de formidável cumplicidade.

— Hoje é a volta das férias — avisa-me. — As estradas estão lotadas. Tentou na casa da avó?

— Eles não têm telefone na fazenda.

— Ligue pro celular.

— Deixou em casa, de novo.

Ela abre os braços em sinal de fatalidade:

— Sem sorte.

— Pra quem?

Ela alteia a magnífica sobrancelha, e, com o dedo apontado para mim, me põe em guarda.

— O drama de certos bem-intencionados é que não assumem com coragem seus compromissos nem dão continuidade a suas idéias.

— É a hora então dos bravos — digo, levantando-me. — A cirurgia foi exaustiva e precisamos recuperar as forças...

Tomando-a pelo braço, empurro-a em direção ao corredor.

— Você na frente, belezura. Quero ver as maravilhas que leva atrás de você.

— Teria coragem de repetir isso na frente de Sihem?

— Só um tolo não muda de idéia.

A risada de Kim rutila pelo corredor como faria o brilho de uma guirlanda no meio de um asilo.

Ilan Ros encontra-nos no refeitório quando acabamos de almoçar. A bandeja repleta, instala-se à minha direita de modo a ter Kim a sua frente. O avental aberto na barriga pantagruélica e as bochechas escarlates, ingurgita primeiro três fatias de carne fria antes de limpar a boca num guardanapo de papel.

— Continua a procurar uma casa na praia? — pergunta-me num marulho voraz.

— Depende de onde.

— Acho que encontrei algo para você. Não muito longe de Ashqelon. Uma casa simpática com tudo de que se precisa para se desconectar do mundo.

Minha mulher e eu procuramos uma casinha à beira-mar já há um ano. Sihem adora o mar. A cada quinze dias, quando minhas folgas de fim de semana o permitem, pegamos o carro e corremos para a praia. Depois de caminhar horas pela areia, alcançamos uma duna e contemplamos o horizonte até tarde da noite. O pôr-do-sol sempre exerceu sobre Sihem um fascínio que nunca consegui entender inteiramente.

— Acha que dá pro meu bolso? — pergunto.

Ilan Ros solta uma risada curta que faz tremelicar como uma gelatina seu pescoço carmesim.

— Pelo tempo que você não enfia essa mão no bolso, Amin, acho que tem de sobra para se presentear com a metade dos seus sonhos...

Súbito, uma terrível explosão faz vibrar as paredes e tilintar as vidraças do refeitório. Todos se olham, perplexos; depois, aqueles que estão mais perto das janelas levantam-se para olhar para fora. Kim e eu corremos à janela mais próxima. No pátio do hospital, os que ali estavam, cuidando de suas coisas, mantêm-se imóveis, a cabeça voltada para o norte. A fachada do prédio da frente não nos deixa ver mais longe.

— Deve ser um atentado — diz alguém.

Kim e eu precipitamo-nos ao corredor. Já um batalhão de enfermeiras sobe do subsolo correndo em direção ao hall. A julgar pela importância da onda de choque, o lugar da explosão não deve estar muito longe. Um segurança aciona seu rádio para inteirar-se da situação. Seu interlocutor declara que não sabe muito mais que ele. Tomamos de assalto o elevador. Uma vez no último andar, corremos ao terraço que cobre a ala sul do edifício. Alguns curiosos já estão ali, a mão em concha sobre os olhos escrutando o horizonte. Olham para uma nuvem de fumaça que emerge a uma dezena de quarteirões do hospital.

— Vem do lado de Haqirya — relata um vigia em seu posto. — Uma bomba ou então um kamikaze. Ou talvez um ônibus emboscado. Estou sem informação. Tudo o que consigo ver é a fumaça que escapa do local alvejado...

— Melhor descer — diz-me Kim.

— Tem razão. Precisamos nos preparar para receber as primeiras vítimas.

Dez minutos depois, nacos de notícias daqui e dali dão conta de uma verdadeira carnificina. Uns dizem que um ônibus foi atingido, outros que um restaurante saltou pelos ares. O sinal de alarme ameaça explodir. É o alerta vermelho.

Ezra Benhaïm decretou o acionamento da tecla de crise.

As enfermeiras e os médicos correm ao setor de urgências onde carrinhos e macas estão dispostos num carrossel frenético, mas ordenado. Não é a primeira vez que um atentado sacode Tel-Aviv, e os socorros são prestados na medida da necessidade com uma eficácia cada vez maior. Mas um atentado continua a ser um atentado. Com o tempo, pode-se aprender a gerenciá-lo com técnica, mas não com humanidade.

Comoção e medo não rimam com sangue-frio. Quando bate o horror, é o coração sempre o primeiro a ser atingido.

Vou, por minha vez, às urgências. Ezra está a postos, o rosto pálido, o celular grudado na orelha. Com a mão, tenta dirigir os preparativos operacionais.

— Um kamikaze explodiu em um restaurante. Vários mortos e muitos feridos — anuncia. — Evacuem as salas 3 e 4. E preparem-se para receber as primeiras vítimas. As ambulâncias estão a caminho.

Kim, que fora a seu consultório telefonar, me alcança na sala 5. É para lá que serão levados os feridos mais graves. Às vezes, quando o bloco cirúrgico não basta, fazemos as amputações ali mesmo. Com mais quatro cirurgiões, verificamos os equipamentos de intervenção.

Enfermeiras azafamam-se em volta das mesas de cirurgia, lestas e precisas.

— Há pelo menos onze mortos — comunica-me Kim, procedendo à ligação dos aparelhos.

Lá fora as sirenes uivam. As primeiras ambulâncias invadem o pátio do hospital. Deixo Kim ocupar-se dos aparelhos e vou ao encontro de Ezra no hall. Os gritos dos feridos ressoam pelo saguão. Uma mulher quase nua, tão grande quanto seu medo, contorce-se em uma maca. Os enfermeiros têm dificuldade em mantê-la quieta. Passa diante de mim, os cabelos eriçados e os olhos fora de órbita. Imediatamente depois, chega o corpo ensangüentado de um menino. Tem o rosto e os braços negros como se saísse de uma mina de carvão. Tomo seu carrinho e conduzo-o de lado para liberar a passagem. Uma enfermeira vem me ajudar.

— Sua mão foi arrancada — ela grita.

— Não é hora de fraquejar — recomendo-lhe. — Ponha-lhe um garrote e conduza-o ao centro cirúrgico imediatamente. Não há um minuto a perder.

— Certo, doutor.

— Tem certeza que está tudo bem?

— Não se preocupe comigo, doutor. Eu me viro.

No espaço de quinze minutos, a sala das urgências transforma-se em campo de batalha. Não menos que uma centena de feridos ali se amontoa, a maioria jogada pelo chão. As macas estão repletas de corpos estraçalhados, crivados de estilhaços, alguns horrivelmente queimados. Choros e soluços atravessam o hospital. De tempos em tempos um grito domina a balbúrdia, anunciando o falecimento de uma vítima. Um paciente me escapa entre as mãos, sem me deixar tempo de examiná-lo. Kim me anuncia que o bloco está saturado e que será preciso orientar os casos graves à sala 5. Um ferido exige que nos ocupemos dele imediatamente. Tem as costas esfoladas de uma ponta à outra e um pedaço da omoplata para fora. Não vendo ninguém socorrê-lo, agarra uma enfermeira pelos cabelos. É preciso três decididos soldados para fazê-lo largar sua presa. Um pouco mais longe, imprensado entre duas macas, um ferido urra, debatendo-se como o diabo. Termina caindo da maca de tanto agitar-se. O corpo retalhado, põe-se a dar socos no vazio. A enfermeira que está a seu lado parece perder o controle. Os olhos dela iluminam-se quando me vê.

— Rápido, rápido, doutor Amin...

Súbito, o ferido cai em torpor; os estertores, as convulsões, as patadas, seu corpo inteiro imobilizam-se e seus braços vergam sobre o peito, como os de uma marionete a quem se tivesse acabado de cortar os cordões. Em uma fração de segundo, sua fisionomia congestionada desfaz-se da dor e cede lugar a uma expressão demente, feita de um ódio frio e de desgosto. Quando me debruço sobre ele, ameaça-me com o olhar e retorce os lábios numa careta de ultraje.

— Não quero que um árabe toque em mim — repele-me com a mão raivosa. — Prefiro morrer.

Tomo-o pelo pulso e torço firmemente seu braço contra o flanco.

— Segure-o bem — digo à enfermeira. — Vou examiná-lo.

— Não me toque — insurge-se o ferido. — Não ponha suas mãos em mim.

Cospe-me. Sem força, sua saliva cai sobre o queixo, trêmula e elástica, enquanto lágrimas furiosas inundam suas pálpebras. Tiro-lhe o casaco. Seu ventre não é mais que uma pasta esponjosa que cada esforço comprime. Perdeu muito sangue e seus berros só fazem aumentar a hemorragia.

— É preciso operá-lo imediatamente.

Faço sinal a um enfermeiro para que me ajude a recolocar o ferido na maca e depois, afastando os leitos que nos barram o caminho, corro para o bloco cirúrgico. O ferido me encara raivosamente, com os olhos prestes a saltar da órbita. Tenta protestar, mas suas contorções esgotaram-no. Aterrorizado, vira a cabeça de lado, de modo a não me ver mais à sua frente, e abandona-se ao torpor que vai se apoderando dele.

# 2

Deixei o centro cirúrgico às 22 horas.

Não sei quanta gente passou pela minha mesa de operação. Mal saía um paciente e os batentes afastavam-se para dar entrada a um outro. Algumas intervenções não exigiram muito tempo, outras literalmente acabaram comigo. Tenho cãibras em todo o corpo e minhas articulações formigam. Houve momentos em que minha vista se turvava, e eu sentia a vertigem tomar-me. Foi só quando um rapazinho quase me escapou, e só então, que julguei prudente ceder meu lugar a um substituto.

Kim, de seu lado, perdeu três pacientes, um depois do outro, como se fosse obra de algum sortilégio divertindo-se em reduzir a nada seus esforços. Deixou a sala 5 esbravejando contra si mesma. Creio que subiu ao consultório para chorar todas as suas lágrimas.

Segundo Ezra Benhaïm, o número de mortos aumentara; estávamos com dezenove falecimentos — entre os quais onze colegiais, que festejavam o aniversário de uma colega no fast-food alvejado —, quatro amputações e trinta e três feridos em estado crítico. Perto de quarenta pessoas voltaram para casa com seus familiares, e outras tantas sozinhas, por seus próprios meios, depois dos primeiros socorros.

No hall do hospital, parentes roíam as unhas atravessando o saguão com um passo sonambúlico. A maioria deles não parecia ter realmente aquilatado a verdadeira extensão da catástrofe que os acometera. Uma mãe perdida agarrou-se a meus braços, os olhos incisivos: "Como vai minha filha, doutor? Vai conseguir se salvar?"... Um pai insiste; seu filho está na reanimação. Quer saber por que a operação demora tanto. "Faz horas que está ali dentro. O que estão fazendo com ele?" Também as enfermeiras são assediadas. Esforçam-se quanto podem para acalmar os ânimos, prometendo-lhes obter as informações que reclamam. Uma família me vê consolando um velho e cai em cima de mim. Devo bater em retirada, tomar pelo pátio externo e contornar o edifício todo para chegar a meu consultório.

Kim não está no seu. Procuro-a junto a Ilan Ros. Ros não a viu. As enfermeiras tampouco.

Mudo de roupa para ir para casa.

No estacionamento, policiais vão e vêm em uma espécie de composto frenesi.

O silêncio é preenchido pelo som rouco de seus aparelhos de rádio. Um oficial dá instruções de dentro de um 4X4, o fuzil-metralhadora descansando no console do carro.

Alcanço o meu, embaçado pela brisa da noite. A Nissan de Kim continua estacionada no lugar onde a encontrei pela manhã, os vidros da frente abaixados por causa do calor. Deduzo que ela ainda está por ali, mas estou cansado demais para ir procurá-la.

Na saída do hospital, a cidade parece serena. O drama que acaba de transtorná-la não feriu seus hábitos. Intermináveis filas de veículos tomam de assalto a via de acesso de Petah Tiqwa. Os bares e os restaurantes formigam de gente. As calçadas são invadidas pelos noctívagos. Tomo a avenida Gevirol até Bet Sokolov, onde um posto de controle, instalado depois do atentado, obriga os usuários da estrada a contornar o bairro de Haqirya que um draconiano dispositivo de segurança isolara do resto da cidade. Consigo esgueirar-me até a rua Hasmonaîm, mergulhada num silêncio sideral. De longe, posso ver o fast-food que o kamikaze fez saltar pelos ares. A polícia técnica esquadrinha o local da tragédia e procede aos primeiros levantamentos. A fachada do restaurante foi destruída de uma ponta a outra; o teto desmoronou sobre toda a parte sul, riscando a calçada com traços enegrecidos. Um lampadário desenraizado atravessa a rua juncada dos destroços. O choque deve ter sido de uma violência inaudita; as janelas das construções vizinhas saltaram e a fachada dos edifícios próximos está destruída.

— Não fique aí — me ordena um tira surgido não sei de onde.

Varre meu carro com sua lanterna, fixa-a sobre a

placa antes de dirigi-la a mim. Instintivamente, dá um ligeiro salto para trás e leva a outra mão ao revólver.

— Nenhum gesto brusco — avisa. — Quero ver suas mãos no volante. O que está fazendo aqui? Não está vendo que o local foi interditado?

— Estou voltando para casa.

Um segundo agente chega em seu socorro.

— Por onde passou esse aí?

— Sei lá — diz o primeiro policial.

É a vez do segundo passear a lanterna em cima de mim. Encara-me com um olho torto, desconfiado.

— Documentos!

Entrego-lhe. Verifica-os, dirige de novo a luz sobre meu rosto. Meu nome árabe incomoda-o. É sempre assim depois de um atentado. Os caras estão nervosos, e as aparências suspeitas exacerbam suas suscetibilidades.

— Saia — ordena o primeiro agente — e ponha-se na frente do carro.

Cumpro a ordem. Ele me empurra brutalmente contra o capô do meu carro, me afasta as pernas com o pé e me submete a uma revista metódica.

O outro policial vai verificar o que há no porta-malas.

— De onde está vindo?

— Do hospital. Sou o doutor Amin Jaafari; trabalho como cirurgião em Ichilov. Estou saindo agora do centro cirúrgico. Estou exausto e quero voltar para casa.

— Tudo em ordem — diz o policial, fechando o porta-malas. — Nada a assinalar por aqui.

O outro não quer me deixar ir embora assim. Afasta-se um pouco e comunica à central minha filiação e as informações que constam na minha carta de motorista e na minha carteira profissional. "É um árabe naturalizado israelense. Diz que saiu agora mesmo do hospital onde é cirurgião... Jaafari, com dois a... Verifique com Ichilov..." Volta cinco minutos depois, devolve-me os documentos e, num tom peremptório, ordena que eu dê meia-volta sem olhar para trás.

Chego em casa perto das 23 horas. Bêbado de cansaço e de irritação. Quatro patrulhas me barraram o caminho, passando-me no pente-fino. Por mais que apresentasse meus documentos e declinasse minha profissão, os guardas só tinham olhos para o meu tipo físico. Certa hora, um jovem policial, irritado com meus protestos, apontou a arma contra mim e ameaçou queimar meus miolos se não calasse a boca. Foi preciso a intervenção musculosa do oficial para acalmá-lo.

Estou aliviado de chegar à minha rua são e salvo.

Sihem não abre a porta. Não chegou de Kafr Kanna. A faxineira também não veio. Encontro a cama desfeita, como a deixei pela manhã. Consulto o telefone; nenhuma mensagem na secretária. Depois de um dia tão agitado como esse que acabei de passar, não me preocupo além da medida com a ausência da minha mulher. Ela costuma, às vezes, prolongar suas visitas à avó. Sihem adora a fazenda e as vigílias sobre uma colina banhada pela luz tranqüila da Lua.

Vou ao quarto me trocar, demoro o olhar sobre a foto de Sihem que reina na mesa-de-cabeceira. Seu sorriso é grande como um arco-íris, mas seu olhar não o acompanha. A vida não foi fácil para ela. Órfã de mãe aos dezoito anos, que morreu com um câncer, e de pai, que se foi num acidente na estrada alguns anos mais tarde, levou uma eternidade antes de aceitar me tomar por esposo. Temia que a sorte, que se obstinava contra ela, viesse desampará-la ainda uma vez. Depois de mais de uma década de vida conjugal, apesar de todo o amor que lhe devoto, ainda continua a temer por sua felicidade, convencida de que um nada bastaria para desfigurá-la. A sorte, no entanto, andava do nosso lado. Quando Sihem casou comigo, eu não tinha por fortuna mais que um velho carro asmático que quebrava a cada canto de rua. Fomos morar num conjunto popular; os apartamentos não eram muito melhores que um poleiro. Tínhamos uns móveis de compensado e nem sempre cortinas nas janelas. Hoje ocupamos uma casa magnífica em um dos bairros mais cotados de Tel-Aviv e dispomos de uma conta bancária razoavelmente consistente.

Todo verão voamos a um país de cocanha.

Conhecemos Paris, Frankfurt, Barcelona, Amsterdã, Miami e o Caribe e temos um monte de amigos que nos apreciam e de quem nós gostamos. Às vezes, recepcionamos nossos convidados em casa, outras somos nós os convidados para noitadas mundanas.

Fui recompensado por meus trabalhos científicos e pela qualidade de meus serviços e consegui construir uma honrosa reputação na cidade. Entre nossos próximos e confidentes, contamos, Sihem e eu, com os notáveis da cidade, as autoridades civis e militares e ainda algumas estrelas do showbiz.

— Você sorri como a sorte, querida — digo ao retrato. — Se ao menos pudesse fechar os olhos de vez em quando.

Beijo meu dedo, pouso-o na boca de Sihem e corro ao banheiro. Fico uns vinte minutos debaixo de uma ducha escaldante; depois, envolto em um roupão, vou à cozinha beliscar um sanduíche. Escovo os dentes, volto ao quarto, deslizo para dentro da cama e engulo um comprimido para dormir o sono dos justos...

O telefone ecoa dentro de mim como uma broca, sacudindo-me da cabeça aos pés como uma descarga de eletrochoque. Entorpecido, estendo a mão tateante para o interruptor sem conseguir localizá-lo.

A campainha do telefone continua a impacientar meus sentidos. Uma olhadela no despertador me diz que são 3h20 da madrugada. De novo, estendo a mão no escuro, sem saber mais se devo atender o chamado ou acender a luz.

Derrubo algo na mesa-de-cabeceira, confundo-me várias vezes antes de chegar ao aparelho.

O silêncio que se seguiu quase me deixa lúcido.

— Alô...

— É Naveed — me diz um homem do outro lado do fio.

Levo algum tempo para reconhecer a voz arranhada de Naveed Ronnen, um alto funcionário da polícia. O comprimido que tomei me devasta o espírito. Tenho a impressão de rodar em algum lugar em marcha lenta, a sensação de quem, suspenso entre o torpor e a sonolência, teve o sonho dispersado por outros sonhos inextricáveis, deformando ridiculamente a voz de Naveed Ronnen que, essa noite, parece emanar do fundo de um poço.

Empurro o lençol para poder sentar-me. Meu sangue bate surdamente em minhas têmporas. Preciso recolher dentro de mim, num esforço enorme, a disciplina que permita controlar minha respiração.

— Sim, Naveed?...

— Estou ligando do hospital. Precisamos de você aqui.

Na penumbra do meu quarto, as agulhas fosforescentes do despertador retorcem-se, secretando rastilhos esverdeados.

O telefone pesa na minha mão como uma bigorna.

— Acabei de deitar, Naveed. Passei o dia inteiro em cirurgias e estou morto de cansaço. O doutor Ilan Ros está de plantão. É um excelente cirurgião...

— Sinto muito, mas você precisa vir para cá. Se não se sente bem, mando alguém buscar você.

— Acho que não é preciso — digo, remexendo em meus cabelos.

Escuto Naveed arranhar a garganta do outro lado da linha, percebo sua respiração ofegante. Lentamente, recobro meu espírito e começo a clarear meus pensamentos.

Pela janela, vejo uma nuvem fibrosa tentando envolver a Lua. Mais no alto, milhares de estrelas fazem-se passar por pirilampos. Nem um ruído agita a rua. Parece que a cidade foi evacuada enquanto eu dormia.

— Amin?...

— O que é, Naveed?

— Sem excesso de velocidade, por favor. Temos todo o tempo do mundo.

— Se não é urgente, então, por quê?...

— Por favor — interrompe-me. — Estou esperando você.

— Está bem — digo, sem fazer muito esforço para

entender. — Pode me fazer um favorzinho?

— Depende...

— Avise que vou passar, nos postos de controle e nas patrulhas. Seus homens me pareceram bem nervosos há pouco, quando eu voltava para casa.

— Continua com o mesmo Ford branco?

— É.

— Vou dar uma palavrinha a eles.

Desligo, permaneço um momento a considerar o telefone, intrigado pela natureza da chamada e pelo tom impenetrável de Naveed. Enfio os chinelos e vou ao banheiro lavar o rosto.

No pátio de emergências, dois carros de polícia e uma ambulância enviam-se mutuamente as luzes rodopiantes de seus faróis. Depois do tumulto do dia, o hospital retomou seus ares de asilo. Agentes de uniforme impacientam-se aqui e ali, esperando, uns tragando nervosamente a ponta de um cigarro, outros revirando o punho no interior de seus instrumentos de guerra. Estaciono e me dirijo à recepção. A noite refrescou um pouco e uma brisa sub-reptícia sobe do mar, viciada de cheiros adocicados. Reconheço a silhueta mal-ajambrada de Naveed Ronnen em pé num degrau. Seu ombro inclina-se nitidamente sobre sua perna direita, que um acidente de percurso encurtou quatro centímetros dez anos atrás. Fui eu quem se opôs à amputação. Na época, eu acabara de receber elegantemente meus galões de cirurgião, depois de uma série de intervenções bem-sucedidas. Naveed Ronnen era um dos meus pacientes mais queridos. Tinha um moral de aço e um senso de humor discutível, é verdade, mas perseverante. As primeiras piadas apimentadas sobre a polícia escutei dele. Depois, operei sua mãe e isso nos aproximou ainda mais. Desde então, quando tem um colega ou um parente para ser operado, é a mim que o confia.

Atrás dele, o doutor Ilan Ros está apoiado contra o parapeito da entrada principal. A luz do saguão agrava a indelicadeza de seu perfil. As mãos nos bolsos do avental e o barrigão batendo nos joelhos, fixa o chão com um ar ausente.

Naveed desce do degrau para vir a meu encontro. Também ele tem as mãos nos bolsos. Seu olhar evita o meu. Por sua atitude, adivinho que a aurora não virá tão cedo.

— Muito bem — digo, apressado para afastar o pressentimento que acaba de me pegar. — Vou subir para me trocar.

— Não precisa — diz Naveed com uma voz sem timbre.

Muitas vezes tive de lidar com esse seu ar aniquilado quando me trazia os colegas numa maca, mas o dessa noite superava todos os demais.

Um arrepio me fisga as costas antes de estender sua reptação furtiva a meu peito.

— O paciente sucumbiu? — perguntei.

Naveed levanta enfim os olhos pra mim. Poucas vezes vi mais infelizes.

— Não há paciente, Amin.

— Então, se não há ninguém para ser operado, por que me tirou da cama uma hora destas?

Naveed parece não saber por onde começar. Seu embaraço estimula o do doutor Ros, que se põe a tremer de modo desagradável. Olho-os de cima a baixo, os dois, cada vez mais irritado pelo mistério que entretêm com um desconforto crescente.

— Vão me explicar do que se trata, afinal? — pergunto.

O doutor Ros ajuda-se contraindo o dorso para se destacar da parede contra a qual tinha se apoiado e volta à recepção, onde duas enfermeiras visivelmente em apuros fingem consultar a tela do computador.

Naveed toma firmemente coragem e me pergunta:

— Sihem está em casa?

Sinto falharem-me das pernas, mas me recomponho rápido.

— Por quê?

— Ela está em casa, Amin?

Seu tom quer ser firme, mas seu olhar já se angustia.

Uma serra glacial me rompe as vísceras. Preso na garganta, meu pomo-de-adão me impede de engolir.

—Ela ainda não chegou da casa da avó — respondi. — Viajou, faz três dias, a Kafr Kanna, perto de Nazaré, visitar a família... Aonde quer chegar, Naveed? O que está querendo me dizer?

Naveed dá um passo. O odor de sua transpiração me enjoa, exaspera ainda mais o incômodo que vai me invadindo. Meu amigo não sabe mais se deve me tomar pelo ombro ou manter as mãos perto de si.

— O que está acontecendo, homem de Deus? Quer me preparar para o pior, é isso? O ônibus em que vinha Sihem teve um problema na estrada? Virou, é isso? É o que está tentando me dizer?

— Não há ônibus nenhum, Amin.

— Então, o que há?

— Temos um cadáver na mão e precisamos dar

um nome a ele — diz atrás de mim um homem atarracado de ar estupefato.

Viro-me com vivacidade para Naveed.

— Acho que é a sua mulher, Amin — ele cede, finalmente —, mas precisamos de você para confirmar.

Sinto que vou me desintegrar...

Alguém me pega pelo braço para impedir que eu caia. No espaço de uma fração de segundo, todas as minhas referências se volatilizam. Não sei mais onde estou, não reconheço nem mesmo as paredes que me abrigaram na minha longa carreira de cirurgião... A mão que me retém ajuda-me a avançar por um corredor evanescente. A brancura da luz me trespassa o cérebro. Tenho a impressão de caminhar sobre uma nuvem, de que meus pés se afundam no chão.

Avanço ao necrotério como um supliciado ao patíbulo. Um médico vela sobre uma mesa... A mesa está coberta por um lençol maculado de sangue... Sob o lençol maculado de sangue, adivinham-se restos humanos...

Súbito tenho medo dos olhares que pousam em mim.

Minhas preces ressoam através do meu ser tal um rumor subterrâneo.

O médico espera que eu recupere um pouco de lucidez, antes de estender a mão ao lençol, espreitando um sinal do oficial, para retirá-lo.

O oficial balança a cabeça.

— Meu Deus! — grito.

Na minha vida, já vi muitos corpos mutilados, recompus dezenas deles; alguns estavam a tal ponto desfeitos que era impossível identificá-los, mas esses membros retalhados aqui na minha frente, naquela mesa, são mais do que qualquer razão pode suportar. É o horror em sua absoluta feiúra... Só a cabeça de Sihem, estranhamente poupada pelos estragos que arruinaram o resto do seu corpo, emerge do pacote, os olhos fechados, a boca entreaberta, os traços apaziguados, como que liberados de suas angústias... Parecia dormir tranquilamente; parecia que súbito abriria os olhos e sorriria para mim.

Dessa vez, minhas pernas curvaram-se, e nem a mão desconhecida nem a de Naveed puderam me amparar.

# 3

Já perdi pacientes na mesa de operação. Nunca se sai completamente ileso dessa espécie de fracasso. Mas a provação não pára por aí; é preciso ainda anunciar a terrível notícia aos próximos do falecido, que aguardam, a respiração retida, na sala de espera. Lembrarei o resto dos meus dias de seus olhares angustiados à espera de que eu saísse do centro cirúrgico. Era um olhar ao mesmo tempo intenso e distante, carregado de medo e de esperança, sempre o mesmo, enorme e profundo como o silêncio que o acompanhava. Nessa hora, eu perdia a confiança em mim. Tinha receio das minhas próprias palavras, tinha receio do choque que provocariam. Perguntava a mim mesmo de que maneira os parentes receberiam o golpe, quais os primeiros pensamentos que lhes viria ao espírito quando tivessem compreendido que o milagre não se produzira.

Hoje é a minha vez de *receber o golpe*. Achei que céu e Terra desabavam sobre mim quando levantaram o lençol onde se recolhia aquilo que restava de Sihem. Mas, paradoxalmente, *não pensei em nada*.

Afundado numa poltrona, continuo sem pensar em nada. Minha mente está vazia. Ignoro se estou no meu consultório ou em outro consultório qualquer. Vejo os diplomas pendurados na parede, as persianas levantadas na janela, as sombras que vão e vêm pelo corredor, mas é como se as coisas evoluíssem num outro mundo, num mundo paralelo do qual me arrancaram sem aviso prévio nem a menor consideração.

Sinto-me debilitado, alucinado, desvitalizado.

Não passo de uma imensa dor encolhida debaixo de uma carcaça de chumbo, incapaz de dizer se tenho consciência da infelicidade que me atinge ou se ela já me aniquilara.

Uma enfermeira me trouxe um copo de água e retirou-se na ponta dos pés. Naveed não ficou muito tempo comigo. Seus homens vieram buscá-lo. Ele os acompanhou em silêncio, o queixo enterrado no pescoço. Ilan Ros voltou a seu plantão. Nem uma vez veio me confortar. Bem mais tarde percebi que estava sozinho no consultório. Ezra Benhaïm chegou dez minutos depois da minha passagem pelo necrotério. Estava num estado avançado de aflição e perdido de exaustão. Deu-me um abraço, apertando-me muito forte contra si. Com um nó na garganta, não achou o que me dizer. Depois Ros chamou-o de lado. Vi-os discutindo no corredor. Ros sussurrava-lhe algo ao ouvido e, para Ezra, era cada vez mais difícil balançar a cabeça. Precisou encostar-se à parede para não cair, e perdi-o de vista.

Ouço carros no pátio, portas batendo. Logo depois, sons de passos ecoam nos corredores, envoltos em sussurros e rumorejos. Duas enfermeiras passam apressadas, empurrando um carrinho fantasmático. O raspar das solas de sapato invade o andar, enche o corredor, aproxima-se; homens de ar austero postam-se diante de mim. Um deles, curto de pernas e a cabeça desguarnecida, destaca-se do grupo. Era o brutamontes que reclamava ter um cadáver nas mãos e queria que eu o ajudasse a identificá-lo.

— Sou o capitão Moshé.

Naveed Ronnen está com ele, dois passos atrás. Não tem boa cara, meu amigo Naveed. Parece fora de si, abandonado. Apesar de seus galões superiores, foi subitamente relegado ao posto de figurante.

O capitão sacode um documento.

— Temos um mandado de busca, doutor Jaafari.

— De busca?...

— O senhor ouviu perfeitamente. Peço-lhe que nos acompanhe a sua casa.

Tento vislumbrar alguma luz no olhar de Naveed; meu amigo olha para o chão.

Volto-me ao capitão.

— Por que na minha casa?

O capitão dobra o documento em quatro e desliza-o no bolso interno de seu paletó.

— Segundo os primeiros elementos da investigação, o esquartejamento que o corpo de sua esposa sofreu é típico dos ferimentos dos kamikazes fundamentalistas.

Distingo nitidamente as palavras do oficial, mas não encontro nelas nada que faça sentido para mim. Algo se agarra a meu espírito, algo semelhante a uma concha fechando-se subitamente diante de uma ameaça externa.

Foi Naveed quem me explicou:

— Não foi uma bomba, mas um atentado suicida. Tudo leva a crer que a pessoa que se fez explodir no restaurante era sua mulher, Amin.

A terra some debaixo dos meus pés. Mas não soçobro. Por despeito. Ou por desistência. Não quero escutar nem mais uma palavra. Não reconheço mais o mundo onde vivo.

Os madrugadores apressam-se em direção às estações de metrô e aos pontos de ônibus. Tel-Aviv desperta por conta própria, mais teimosa que nunca. Pouco importa a extensão dos estragos: nenhum cataclisma impedirá a Terra de girar.

Rodeado por dois brutamontes no banco de trás do carro de polícia, olho os prédios desfilarem de lado a lado, as janelas iluminadas onde, por momentos, se esboçam fugidias sombras chinesas. O ronco do motor de um caminhão retumba pela rua como o grito de uma quimera adormecida que se vê atormentada, e, de novo, o silêncio estupefato das manhãs dos dias úteis. Um bêbado agita-se no meio de uma praça, provavelmente para tentar afugentar os piolhos que quase o comem vivo. Em um sinal vermelho, dois agentes da ordem postam-se vigilantes, um olho atrás, outro na frente, como os camaleões.

No carro, estão todos calados. O motorista funde-se ao volante. Tem as costas largas e uma nuca tão curta que parecia ter sido modelado num pilão. Uma vez só, seu olhar me fisgou pelo retrovisor, dando-me um frio na espinha... "Segundo os primeiros elementos da investigação, o esquartejamento que o corpo de sua esposa sofreu é típico dos ferimentos dos kamikazes integristas."

Sinto que essas revelações me atormentarão até o fim dos meus dias. Alternam-se em minha mente, primeiro em marcha lenta, depois, como alimentadas de seus excessos, afoitam-se e me assaltam sem piedade. A voz do oficial continua a martelar, soberana e límpida, absolutamente consciente da extrema gravidade de suas declarações: "A mulher que se fez explodir... o kamikaze... é sua mulher...". Ela se insurge, essa voz que me vomita; ergue-se tal uma onda obscura, naufraga meus pensamentos, reduz em pedaços minha incredulidade antes de se retirar de súbito, levando com ela partes inteiras de meu próprio ser. Só o tempo de ver claro em minha dor, ela ressurge de suas lâminas profundas, importuna, me pega em sua espuma, quebra em mim como se, louca furiosa com a minha perplexidade, buscasse me desfazer fibra por fibra até me desintegrar...

O guarda à minha esquerda abaixa o vidro. Um sopro de ar fresco me fustiga o rosto. Os cheiros fétidos do mar lembram o de um ovo podre.

A noite prepara-se a levantar acampamento enquanto a aurora se impacienta às portas da cidade. Por entre o relevo dos altos edifícios pode-se ver o traço purulento fissurando metodicamente as abas do horizonte. É uma noite aterrorizada que se põe em fuga, prostrada e aturdida, repleta de sonhos abortados e de incertezas. No céu, onde não resta sinal de nenhum poema ou canção, nem uma nuvem se propõe a moderar o zelo luminoso do dia que vem nascendo. Se sua luz fosse a própria Revelação, nem assim aqueceria minha alma.

Minha rua me acolhe com frieza. Um camburão está estacionado na frente da minha casa. Agentes mantêm-se em pé de um lado e do outro do gradil. Outro veículo, metade estacionado na calçada, deixa piruetar suas luzes azuis e vermelhas. Alguns tocos de cigarro braseiam no escuro, semelhantes a botões em flor.

Fazem-me descer do carro.

Empurro o portão da grade, entro no meu jardim, subo os degraus que levam à entrada, abro a porta da minha casa. Estou lúcido, e ao mesmo tempo espero despertar.

Sabendo com exatidão o que têm a fazer, os policiais arremessam-se ao vestíbulo e engolfam-se pelos cômodos da casa atrás do que procuram.

O capitão Moshé me aponta um sofá na sala.

— Podemos conversar um pouco, frente a frente, nós dois?

Dirige-me para lá, o gesto cortês, mas firme. Esforça-se para estar à altura de suas prerrogativas, preocupado com seu estatuto de oficial, mas à sua obsequiosidade falta credibilidade. É só um predador seguro de sua tática, agora que isolou a presa. Um pouco como o gato brincando com o rato, faz durar o prazer antes de passar à mesa.

— Sente-se, por favor.

Puxa um cigarro de um estojo, bate-o contra a unha e prende-o no canto da boca. Depois de acendê-lo com um isqueiro, joga a fumaça na minha direção.

— Espero que não o incomode que eu fume.

Solta ainda duas ou três baforadas, segue as volutas da fumaça até que elas se confundam no teto.

— *Ela* aprontou uma boa, não é verdade?

— Como?

— Desculpe, acho que ainda está sob o choque.

Seus olhos passeiam pelos quadros pendurados na parede, vão passar em revista os cantos todos da sala, deslizam sobre as cortinas imponentes, demoram-se aqui e ali e depois vêm me açular.

— Como se pode renunciar a tamanho luxo?

— Como?

— Estou pensando em voz alta — diz ele, agitando seu cigarro em sinal de desculpas... — Tento entender, mas há coisas que não entenderei jamais. É tão absurdo, tão estúpido... Em sua opinião, havia alguma possibilidade de dissuadi-la?... O senhor certamente conhecia seu jogo, não?

— O que está dizendo?

— Mas estou sendo claro... Não me olhe assim. Não vai querer que eu acredite que não sabia de nada!

— Do que está falando?

— De sua esposa, doutor, daquilo que acabou de cometer.

— Não foi ela. Não pode ter sido ela.

— E por que não?

Não lhe respondo, contento-me em tomar a cabeça entre as mãos para recobrar ânimo. Ele não permite; com a mão livre, levanta-me o queixo de modo a me fixar direto nos olhos.

— O senhor é praticante, doutor?

— Não.

— E sua esposa?

— Não.

Ele franze o cenho:

— Não?

— Ela não fazia as orações, se é isso que entende por praticar.

— Curioso...

Põe uma nádega no braço do sofá da frente, cruza os joelhos, enfia o cotovelo numa coxa e segura cuidadosamente o queixo com o indicador e o polegar, os olhos franzidos por causa da fumaça.

Seu olhar glauco apóia-se contra o meu.

— Ela não rezava?

— Não.

— Não observava o ramadã?

— Isso, sim.

— Ah!...

Alisa a ponta do nariz, sem desviar os olhos de mim.

— Em suma, uma crente recalcitrante... Para confundir as pistas e poder militar tranqüilamente em algum canto. Seguramente agia no seio de uma associação de caridade ou algum troço do gênero; são excelentes coberturas, muito fáceis de justificar se der algum pepino. Mas, por trás da benevolência, há sempre um negócio de grandes lucros; grana, para os espertos, um pedaço do paraíso para os simplórios. Conheço bem essas coisas: é meu ofício. Sempre acho que cheguei ao fundo da estupidez humana, e percebo que só fiz gravitar em sua periferia...

Lança-me a fumaça na cara.

— Ela tinha simpatia pelas brigadas de al-Aqsa, não é verdade? Não, as brigadas de al-Aqsa, não. Dizem que elas não privilegiam os atentados suicidas. Mas, pra mim, todos esses cretinos se equivalem. Da Jihad Islâmica ou do Hamas, tanto faz, é o mesmo bando de degenerados prontos a tudo para se fazerem ouvir.

— Minha mulher não tem nada a ver com essa gente. Trata-se de um terrível mal-entendido.

— É estranho, doutor. É exatamente o que sempre dizem os próximos desses ensandecidos depois dos atentados. Todos ostentam esse mesmo ar abestalhado que o senhor tem agora, absolutamente tomados pelos acontecimentos. É alguma senha geral para ganhar tempo ou uma maneira sem-vergonha de gozar da cara das pessoas?

— Vai por um mau caminho, capitão.

Ele me acalma com um gesto da mão antes de descarregar sua bateria novamente.

— Como estava ela ontem de manhã, quando a deixou para ir trabalhar?

— Minha mulher viajou para Kafr Kanna, para a casa da avó, há três dias.

— Então não a viu esses três dias?

— Não.

— Mas falou com ela ao telefone.

— Não. Ela esqueceu o celular em casa e lá não há telefone.

— Tem nome, essa avó? — pergunta, tirando um bloco do bolso interno do paletó.

— Hanane Sheddad.

O capitão toma nota.

— Acompanhou-a a Kafr Kanna?

— Não. Ela foi sozinha. Deixei-a na quarta-feira pela manhã na rodoviária. Tomou o ônibus das oito e quinze para Nazaré.

— Viu-a partindo?

— Sim. Saí da rodoviária junto com o ônibus.

Dois policiais saem de meu escritório, carregados de pastas. Um terceiro vem atrás, com meu computador no braço.

— Mas, estão levando meus dossiês...

— Devolveremos depois de consultá-los.

— São documentos confidenciais, informações relativas a meus pacientes.

— Sinto muito, mas precisamos verificar nós mesmos.

Escuto as portas de minha casa baterem, minhas gavetas e meus móveis gemerem em uma sucessão de estrépitos e rangidos.

— Voltemos um pouco a sua esposa, doutor Jaafari.

— Está na pista errada, capitão. Minha mulher não tem nada a ver com o que o senhor a inculpa. Estava nesse restaurante exatamente como todo mundo. Sihem não gosta de cozinhar quando chega de viagem. Foi comer alguma coisa, tranquilamente... Simples. Faz quinze anos que partilho sua vida e seus segredos. Aprendi a conhecê-la e, se tivesse me escondido algo, eu terminaria por colocar a mão em cima.

— Fui casado com uma mulher extraordinária, eu também, doutor Jaafari. Era todo o meu orgulho. Precisei de sete anos para saber que ela me escondia o essencial do que um homem deve conhecer a respeito da fidelidade.

— Minha mulher não tinha razão alguma para me enganar.

O capitão procura um lugar onde se livrar de seu cigarro. Aponto-lhe uma mesinha de vidro atrás dele. Solta uma última baforada, mais longa que as precedentes, esmaga laboriosamente a bituca no cinzeiro.

— Doutor Jaafari, nem um homem prevenido está totalmente protegido. A vida é uma maldade perpétua, um longo túnel, minado de armadilhas e de bosta de cachorro. Dar a volta por cima ou continuar estendido pelo chão, não muda muito as coisas. Só há uma possibilidade para ir até o fim das provas: preparar-se todos os dias e todas as noites para esperar o pior... Sua mulher não foi matar a fome nesse restaurante, mas foi, isso sim, explodir o restaurante com suas bombas...

— Basta — grito, levantando-me, fora de mim... — Há uma hora, soube que minha mulher morreu em um restaurante alvejado por um atentado terrorista. Logo depois me anunciam que a kamikaze era ela. É coisa demais para um homem fatigado. Deixe-me chorar primeiro, depois acabem comigo, mas, por favor, não me imponha ao mesmo tempo o medo e a dor.

— Continue sentado, doutor Jaafari, por favor.

Empurro-o com tamanha impertinência que por pouco não vira de pernas para o ar por cima da mesa de vidro atrás dele.

— Não toque em mim. Proíbo-o de encostar suas mãos em mim.

Recupera-se rápido e tenta me dominar.

— Senhor Jaafari...

— Minha mulher não tem nada a ver com essa matança. Trata-se de um atentado suicida, homem!, não de uma altercação doméstica. Trata-se da *minha* mulher. Que está morta. Morta nesse restaurante maldito. Como os outros todos. Junto com os outros. Proíbo-o de macular sua memória. Era uma grande mulher. Mesmo. Ao contrário do que o senhor está querendo insinuar.

— Uma testemunha...

— Qual testemunha? Lembra o quê, exatamente? Viu a bomba que minha mulher carregava ou foi seu rosto que viu, seu tipo? Faz mais de quinze anos que compartilho minha vida com Sihem. Conheço-a de cor e salteado. Sei do que ela é capaz e do que não é. Tinha as mãos limpas demais para que escapasse a meus olhos a menor mancha. Ela foi a mais atingida, mas isso não quer dizer que seja ela a suspeita. Se essa é sua hipótese, deve haver outras. Minha mulher foi a mais atingida porque estava mais exposta. O explosivo não estava com ela, mas perto dela, provavelmente dissimulado debaixo de sua cadeira, ou sob a mesa à qual se sentou... Que eu saiba, nenhum relatório oficial autoriza o senhor a concluir coisas tão graves. Aliás, os primeiros elementos da investigação não têm forçosamente a última palavra. Esperemos os comunicados dos responsáveis. Alguém vai reivindicar o atentado. Haverá talvez fitas no fim de tudo isso, aos seus cuidados ou ao cuidado das redações. Se houve um kamikaze, nós o veremos e o ouviremos.

— Com esses malucos, nada é sistemático. Às vezes, contentam-se com um fax ou com um chamado telefônico.

— Não quando se trata de atingir as mentes. E nesse sentido uma mulher kamikaze faz um efeito danado. Ainda mais quando é naturalizada israelense e casada com um eminente cirurgião que foi muitas vezes o orgulho de sua cidade e que encarna a mais bem-sucedida das integrações... Não quero mais escutar as sujeiras que diz de minha mulher, senhor oficial. Minha mulher é uma vítima do atentado, não quem o cometeu. Peço que se retire, e imediatamente.

— Sente-se! fulmina o capitão.

Seu grito me imobiliza.

Minhas pernas me abandonam e caio sobre o sofá.

Esgotado, tomo minha cabeça entre as mãos e me encolho. Estou cansado, enfraquecido, torpedeado. Estou sucumbindo. O sono me castiga com uma rara grosseria; recuso-me a entregar-me. Não quero dormir. Tenho medo de adormecer e descobrir mais e mais ao sair de meus sonhos, que a mulher que eu adorava não está mais aqui, que morreu retalhada em um atentado terrorista; medo de, a cada vez que eu despertar, ter de enfrentar a mesma catástrofe, o mesmo sinistro... E esse capitão que grita comigo, por que não some? Queria que desaparecesse imediatamente, que os espíritos que rondam a minha casa se transformassem em correntes de vento, que um furacão arrebentasse as janelas e me levasse para longe, bem longe da dúvida que me devora as entranhas, que confunde minhas marcas e que assalta meu coração com graves incertezas...

# 4

O capitão Moshé e seus ajudantes mantêm-me acordado por vinte e quatro horas seguidas. Revezam-se, um depois do outro, no cubículo sórdido onde se desenrola o interrogatório. É uma espécie de buraco de rato de teto baixo e paredes insípidas, e com uma lâmpada acima da minha cabeça cujo zumbido ininterrupto me enlouquece. Minha camisa encharcada de suor me devora as costas com a voracidade de um ramo de urtigas. Tenho fome, tenho sede, sinto dores e não enxergo em lugar nenhum a luz do fim do túnel. Tiveram de me carregar para que eu pudesse urinar. Esvaziei a metade da bexiga na cueca antes de conseguir abrir a braguilha. Com náuseas, quase quebrei a cara no bidê. Arrastaram-me, literalmente, de volta a minha gaiola. Depois, de novo o assédio, as perguntas, os socos na mesa, os tapas no rosto para impedir que eu desmaiasse.

Sacodem-me da cabeça aos pés a cada vez que o sono vem falsear meu discernimento e me submetem aos cuidados de um oficial fresco e disposto. As perguntas são sempre as mesmas. Ressoam em minhas têmporas como surdas encantações.

Afundo na cadeira metálica que me lima as nádegas, me seguro na mesa à minha frente para não cair e, de repente, como uma marionete desarticulada, largo-me, e minha cara bate violentamente na beirada da mesa. Acho que abri uma arcada na testa.

— O motorista do ônibus identificou formalmente sua esposa, doutor. Logo a reconheceu pela foto. Diz que ela de fato subiu no ônibus que partia para Nazaré, na quarta-feira às oito e quinze. Mas, quando o ônibus saía de Tel-Aviv, a menos de vinte quilômetros da rodoviária, pediu para descer, argumentando uma urgência. O motorista foi obrigado a parar no acostamento. Antes de dar partida, viu sua esposa entrar em um carro que ia atrás dele. Foi esse detalhe que o intrigou. Não anotou o número da placa do veículo, mas disse que era um Mercedes modelo antigo, cor creme... Essa descrição não lhe diz nada, doutor?

— O que quer que eu diga? Tenho um Ford, novo, e é branco. Minha mulher não tinha razão nenhuma para descer do ônibus. Esse motorista está falando bobagens.

— Então não é o único. Mandamos uma pessoa a Kafr Kanna. Hanane Sheddad disse que não vê sua neta há mais de nove meses.

— É uma senhora já idosa...

— Seu sobrinho, que vive com ela na fazenda, também confirma. Então, doutor Jaafari, se sua esposa não põe os pés em Kafr Kanna há mais de nove meses, por onde ela andava esses três últimos dias?

*Por onde ela andava esses três últimos dias?... Por onde ela andava?... Por onde ela andava?...* as palavras do oficial se perdem em um rumor insondável. Não o escuto mais. Vejo apenas suas sobrancelhas que se movem conforme as armadilhas que me prepara, sua boca remexendo argumentos que não me atingem mais, suas mãos que descrevem sua impaciência ou então sua determinação...

Chega outro oficial, a cara emboscada por trás dos óculos escuros. Fala comigo agitando um dedo peremptório, suas ameaças dissolvem-se na inconsistência de minha lucidez. Não fica por muito tempo e sai esbravejando.

Ignoro as horas, se é dia ou se é noite. Levaram meu relógio. Meus interlocutores tomaram o cuidado de tirar os seus antes de entrar no cubículo.

O capitão Moshé volta, tartamudeia. A perquirição não deu em nada. Ele também está cansado. Fede a bituca velha de cigarro. Os traços repuxados e os olhos vermelhos, não se barbeou desde a véspera e sua boca tende a amolecer de um lado.

— Tudo leva a crer que sua esposa não deixou Tel-Aviv na quarta-feira nem nos dias seguintes.

— Isso não faz dela uma criminosa.

— Suas relações conjugais eram...

— Minha mulher não tinha amantes — corto-o.

— Não era obrigada a avisá-lo.

— Não tínhamos segredos um para o outro.

— O verdadeiro segredo não se compartilha.

— Certamente há uma explicação, capitão. Mas não que leve aonde quer chegar.

— Seja razoável um segundo, doutor. Se sua mulher mentiu, se fez com que acreditasse que estava em Nazaré para voltar a Tel-Aviv assim que lhe deu as costas, é porque não jogava limpo com o senhor.

— O senhor é que não joga limpo, capitão. Joga verde para colher maduro. Mas seu blefe não cola. Pode me manter acordado dias e noites, mas não me fará dizer o que quer ouvir. Vai precisar achar outra pessoa que pague a culpa.

Ele se irrita, sai ao corredor. Volta um pouco depois, a testa franzida, as mandíbulas feito polias que não se consegue desbloquear. Seu hálito me submerge. Está perto de estourar. Suas unhas fazem um rangido terrível quando coça a barba.

— Não vai me fazer engolir que não observou nada de curioso no comportamento de sua esposa nos últimos tempos. A menos que não vivessem mais sob o mesmo teto.

— Minha mulher não era uma islamita. Quantas vezes preciso repetir isso? Vai por caminho errado. Deixe-me voltar para casa. Faz dois dias que não durmo.

— Nem eu, e não tenho a intenção de fechar o olho antes de tirar esse assunto a limpo. A polícia técnica foi categórica: sua esposa foi morta pela carga explosiva que carregava. Uma testemunha, que se sentara na parte de fora do restaurante e que foi só levemente ferida, está certa de ter visto uma mulher grávida perto da festa organizada pelos colegiais para festejar o aniversário da colega. A tal mulher, ele a reconheceu na foto, sem nenhuma hesitação, é sua esposa. Ora, o senhor declarou que ela não estava grávida. Seus vizinhos tampouco se lembram de tê-la visto grávida uma só vez desde que se instalaram no bairro. A autópsia também foi taxativa a esse respeito: nenhuma gravidez. Então, o que é que inchava assim a barriga de sua esposa? O que tinha debaixo da roupa, se não era essa maldita carga que acabou com a vida de dezessete pessoas, dessas crianças que só pediam para se divertir?

— Espere a fita.

— Não haverá fita. Pessoalmente, não dou a mínima para essas fitas. Não me importam. O que me intriga é outra coisa. E me deixa louco. Por isso é que preciso imperativamente saber como pode uma mulher apreciada por sua gente, bela e inteligente, moderna, bem integrada, mimada pelo marido e adulada pelas amigas na maioria judias, de um dia para o outro, entupir-se de explosivos e ir a um lugar público destruir tudo o que o Estado de Israel confiou aos árabes que acolheu em seu seio. Percebe a gravidade da situação, doutor Jaafari? Esperávamos certas deslealdades, mas não dessa natureza. Remexi em tudo que diz respeito ao casal: suas relações, seus hábitos, seus pequenos pecados. Resultado: estou completamente sem rumo. Eu que sou judeu e oficial dos serviços israelenses, não me beneficio nem de um terço das deferências que são creditadas a vocês todos os dias nesta cidade. E isso me arrasa tanto que não pode imaginar.

— Não tente abusar de meu estado físico e moral, capitão. Minha mulher é inocente. Ela não tem absolutamente nada a ver com os integristas. Jamais encontrou, jamais falou, jamais sonhou com eles. Minha mulher foi a esse restaurante para almoçar, eu já disse. Para almoçar. Só isso... deixe-me em paz agora. Estou arrebentado.

Então, cruzo os braços sobre a mesa, apóio a cabeça sobre eles e desmaio.

O capitão Moshé volta à carga, mais uma vez, e outra, e mais outra... Ao fim do terceiro dia, ele abre a porta do covil e me aponta o corredor.

— O senhor está livre, doutor. Pode voltar para casa e retomar uma vida normal, se todavia...

Recolho meu paletó e titubeio ao longo de um corredor onde oficiais em mangas de camisa, as mangas arregaçadas e a gravata desfeita, me observam silenciosos. Parecem uma horda de lobos olhando afastar-se a presa que pensavam ter abocanhado. Um carcereiro de perfil movimentado devolve meu relógio, meu chaveiro e minha carteira, me faz assinar um recibo e desce com um golpe seco a pequena lucarna que nos separa.

Alguém me escolta até a saída do prédio. As luzes do dia me agridem assim que ponho os pés fora. Está um dia bonito; um sol enorme ilumina a cidade. O barulho do trânsito me devolve ao mundo dos vivos. Fico alguns instantes no alto da escada acompanhando o balé corriqueiro dos automóveis, que buzinas pontuam aqui e ali. Não tem muita gente. O bairro parece abandonado. As árvores que margeiam a calçada não parecem fazê-lo com alegria sincera e os transeuntes perambulando por ali são tão tristes quanto suas sombras.

Ao fim dos degraus, um carro grande deixa girar seu motor. Naveed Ronnen está ao volante. Põe o pé no chão e, com o cotovelo na porta, espera que eu vá a seu encontro. Entendo logo que não é alheio à minha liberação.

Franze as sobrancelhas quando chego a sua altura. Por causa de meu olho inchado.

— Bateram em você?

— Eu caí.

Não está convencido.

— É verdade, estou dizendo.

Ele não insiste.

— Deixo você em casa?

— Não sei.

— Você está num estado lamentável. Precisa tomar um banho, mudar de roupa e comer algo.

— Os integristas enviaram a fita?

— Que fita?

— Do atentado. Já sabem afinal quem é o kamikaze?

— Amin...

Recuo para esquivar-me de sua mão. Não suporto mais que ponham a mão em mim. Nem mesmo para me confortar.

Meus olhos acuam os do tira e não os largam mais.

— Se me soltaram, é porque têm certeza de que minha mulher não tem nada a ver com isso.

— Preciso deixar você em casa, Amin. Precisa recuperar as forças. É o que conta agora, de imediato.

— Se me soltaram, Naveed, ora, vamos... se me soltaram, é porque... O que descobriram, Naveed?

— Que *você* não tem nada a ver com isso, Amin.

— Só eu?..

— Só você.

— E Sihem?...

— Vai precisar pagar o *knass* para recuperar o corpo. É o regulamento.

— Uma multa? E desde quando esse regulamento está em vigor?

— Desde que os kamikazes integristas...

Eu o interrompo com o dedo.

— Sihem não é uma kamikaze, Naveed. Lembre isso. Porque eu faço questão. É o que mais me importa no mundo. Minha mulher não é uma assassina de crianças... Entendeu bem?? Entendeu o que eu disse?

Largo-o ali mesmo e me vou, sem saber para onde. Não quero mais que me deixem em casa; não preciso mais que ponham a mão em meu ombro; não quero mais ver ninguém, nem do meu lado, nem do outro.A noite me surpreende numa pedra, defronte ao mar. Não tenho a mínima idéia do que fiz do meu dia. Acho que adormeci em algum lugar. Meus três dias e três noites de cativeiro me desestruturaram completamente. Não tenho mais paletó. Devo tê-lo esquecido num banco de uma praça qualquer ou talvez alguém me tenha roubado. Uma mancha enorme suja minha calça e restos de vômito tingem minha camisa; lembro vagamente de ter vomitado no pé de uma passarela. Como cheguei a essa pedra sobre o mar, ignoro-o.

Um navio cintila ao largo.

Mais perto de mim, as ondas lançam-se loucamente contra os rochedos. Seu estrépito ressoa em minha cabeça como os golpes funestos de uma clava.

A brisa me refresca. Passo os braços em volta das pernas, enfio o queixo entre os joelhos e escuto os rumores do mar. Lentamente, meus olhos se embaçam; meus soluços me pegam, batem na minha garganta e provocam uma imensidão de tremores por todos os cantos do meu corpo. Seguro então o rosto com as duas mãos e, de gemido em gemido, ponho-me a gritar feito um possuído no alarido ensurdecedor das vagas.

# 5

Alguém colou um cartaz no portão da minha casa. Não é bem um cartaz, mas a manchete de um jornal conhecido. Por cima da foto que registra o caos sangrento em torno do restaurante alvejado pelos terroristas, lê-se em tipos enormes: A BESTA IMUNDA ESTÁ ENTRE NÓS. O título se estende por três colunas.

A rua está deserta. Um poste anêmico dispensa sua luz — um halo lívido que não vai além do contorno da lâmpada. Meu vizinho da frente fechou as cortinas. São apenas dez horas e nenhuma janela está de vigília.

Os vândalos do capitão Moshé não fizeram muita cerimônia. Meu escritório está de pernas para o ar. A mesma desordem reina no meu quarto; colchão pelo chão, lençóis revirados, mesas-de-cabeceira e cômoda profanadas, gavetas jogadas pelo tapete. A lingerie da minha mulher rola entre as pantufas e os cosméticos. Tiraram meus quadros da parede para ver o que havia atrás deles. Também pisotearam uma velha foto de família.

Não tenho força nem coragem para ir até os outros cômodos avaliar o estrago.

O espelho do armário devolve meu reflexo. Não me reconheço. Desgrenhado, desvairado, pareço um louco com a barba por fazer e as faces talhadas a buril.

Tiro a roupa, vou preparar meu banho; encontro uns restos na geladeira que devoro feito um animal esfomeado. Como em pé, com as mãos sujas, quase engasgando com as bocadas que engulo uma depois da outra com uma lamentável voracidade. Esvaziei uma cesta de frutas, dois pratos de carne fria, engoli duas garrafas de cerveja de um gole e lambi um a um meus dez dedos lambuzados de molho.

Foi preciso que eu passasse de novo diante do espelho para me dar conta de que estava completamente nu. Não me lembro de ter andado pela casa em vestes de Adão desde que vivo com minha mulher. Sihem era rígida em alguns princípios.

Sihem...

Como ia longe isso tudo!...

Deslizo na banheira, deixo o calor da água embalsamar meu ser, os olhos fechados, e tento lentamente me dissolver no torpor incandescente que vai me invadindo...

— Meu Deus!

Kim Yehuda está em pé no banheiro, incrédula. Olha à direita, à esquerda, bate as mãos, como se não conseguisse admitir o que vê, volta-se vivamente ao pequeno armário da parede, remexe em busca de uma toalha.

— Passou a noite aí dentro? — exclama, escandalizada e zangada a um só tempo. — Onde estava com a cabeça, homem de Deus? Podia ter se afogado.

Tenho dificuldade em abrir os olhos. Talvez por causa da luz do dia. Percebo que dormi na banheira a noite toda. Na água agora gelada, meus membros não reagem; endureceram como um pedaço de pau; um tom violáceo me recobre as coxas e os antebraços. Dou-me conta também de que não consigo parar de bater os dentes, tiritando de frio.

— Mas o que está fazendo com você mesmo, Amin? Em pé, saia daí imediatamente. Vou pegar uma pneumonia braba, só de olhar para você.

Ela me ajuda a sair da banheira, me embrulha num roupão e me esfrega energicamente, dos cabelos ao calcanhar.

— Não é verdade — repete —, não pode ser. Como conseguiu dormir com água até o pescoço? Meu Deus!... Tive um pressentimento, esta manhã. Algo me dizia que eu precisava de todo jeito dar uma passada por aqui antes de ir ao hospital... Naveed me ligou assim que soltaram você. Já vim aqui três vezes, ontem, mas você ainda não tinha voltado. Pensei que tivesse ido para a casa de algum parente ou de algum amigo.

Ela me conduz ao quarto, põe o colchão no lugar e a mim por cima. Meus membros tremem cada vez mais rápido, minhas mandíbulas ameaçam quebrar-se.

— Vou já preparar para você uma bebida quente — diz ela, cobrindo-me bem.

Escuto-a ocupar-se na cozinha e me perguntar onde pus isso e aquilo. O desenfreado tremor convulsivo da minha boca não me permite articular uma só palavra. Recolho-me sob a coberta, em posição fetal, faço-me mínimo na esperança de me esquentar um pouco.

Kim me traz uma xícara de chá, levanta minha cabeça e tenta verter a bebida fumegante e açucarada na minha boca. Uma onda ardente ramifica-se no meu peito e vem pôr em brasas meu ventre.

Kim tem dificuldade para conter meus tremores.

Repousa a xícara na mesinha, ajusta meu travesseiro e me deita de novo.

— Quando chegou? Tarde da noite ou na madrugada? Quando encontrei o portão destrancado e a porta da entrada escancarada, pensei logo no pior... Alguém podia ter entrado.

Não encontro nada para lhe dizer.

Ela me explica que tem um paciente para operar antes do meio-dia; tenta encontrar a faxineira ao telefone para lhe pedir que venha trabalhar, cai várias vezes na secretária e termina deixando uma mensagem. Está preocupada em me deixar sozinho, pensa numa solução, não acha. Acalma-se um pouco tomando minha temperatura e, depois de me preparar algo para comer, despede-se de mim prometendo voltar assim que possível.

Não a vi saindo.

Acho que adormeci...

O rangido de uma grade me desperta. Empurro o cobertor e aproximo-me da janela. Dois adolescentes esquadrinham meu jardim, com rolos de papel debaixo dos braços. Dezenas de fotos recortadas dos jornais cobrem a grama. Desocupados estão reunidos diante da minha casa. "Vão embora", grito. Sem conseguir abrir a janela, corro ao jardim. Os dois adolescentes dão o fora. Persigo-os até a rua, descalço, a cabeça em ebulição... "Terrorista sujo! Canalha! Safado! Árabe traidor!" As invectivas me freiam. Tarde demais; estou bem no meio de uma malta superexcitada. Dois barbudos de tranças cospem em mim. Braços me empurram. "É assim que vocês agradecem, seus árabes sujos? Mordendo a mão que tira vocês da merda?..." Sombras deslizam às minhas costas, interditando-me qualquer retirada. Um jato de saliva me atinge o rosto. Uma mão me puxa pela gola do roupão... "Olha só a mansão que ocupa, seu filho-da-mãe. O que mais precisa para aprender a dizer obrigado?..." Sacodem-me de todos os lados. "Vai precisar primeiro desinfetar, antes de enfiá-lo numa fogueira..." Um golpe me fulmina a barriga, um segundo me põe de pé. Meu nariz explode, depois os lábios. Meus braços não bastam para me proteger. Uma tempestade de socos e pontapés desanca sobre mim, e a terra se esvai a meus pés...

Kim me encontra jogado no meio do meu jardim. Os agressores me acossaram ali por muito tempo e continuaram me surrando depois que me derrubaram. Com aqueles olhos exorbitados e aquelas bocas espumosas, pensei que iam me linchar.

Nenhum vizinho veio em meu socorro, nenhuma alma cristã teve a presença de espírito de chamar a polícia.

— Vou levar você ao hospital — diz Kim.

— Não, ao hospital não. Não quero voltar lá.

— Acho que tem alguma coisa quebrada.

— Não insista, por favor.

— De todo modo, não pode ficar aqui. Vão matar você.

Kim consegue me transportar até meu quarto, me veste de novo, joga uns troços na minha mala e me instala no carro.

Os barbudos de tranças ressurgem não se sabe de onde, provavelmente alertados por algum informante.

— Deixe-o morrer — grita um deles a Kim. — É um safado...

Kim arranca em velocidade.

Atravessamos o bairro como um bólido louco cruzando um campo minado.

Kim me leva direto a um posto médico, perto de Yafo. A radiografia não indica fraturas, mas um grande traumatismo no punho direito e no joelho. Uma enfermeira desinfeta os ferimentos dos meus braços, passa uma esponja pelos meus lábios arrebentados, limpa minhas narinas machucadas. Pensa que foi uma briga de bêbados; seus gestos são cheios de comiseração.

Saio da enfermaria saltitando sobre uma pata, com uma atadura grotesca em volta da mão.

Kim me oferece um ombro. Prefiro apoiar-me à parede.

Ela me leva para sua casa, em Sederot Yerushalayim, um loft que comprara ainda no tempo em que partilhava sua vida com Boris. Eu vinha aqui com freqüência, comemorar um acontecimento feliz ou passar uma boa noitada entre amigos, com Sihem. As duas mulheres entendiam-se bem, mesmo se a minha, mais reservada, se mantivesse constantemente de sobreaviso. Kim não ligava. Adora receber e dar festas. Mais ainda depois que sobreviveu à defecção de Boris.

Pegamos o elevador. Uma velhota sobe conosco até o segundo andar. No hall do quarto, um cãozinho agita-se impaciente, a coleira presa na porta do fundo. É o cão da vizinha — ela se livrará dele assim que o coitado atingir a maturidade, para arranjar um outro; é sua prática corrente.

Kim briga com a fechadura — é sempre assim, quando está nervosa. Covinhas lhe juncam as faces enquanto ela faz caretas coléricas. A raiva lhe cai bem. Encontra enfim a chave certa e se afasta para me deixar entrar.

— Sinta-se em casa — me diz ela.

Tira meu casaco, pendura-o no vestíbulo; com o queixo, orienta-me à sala onde se olham uma à outra como casais de faiança uma cadeira de vime e uma velha poltrona de couro já gasto.

Um enorme quadro surrealista ocupa a metade da parede; parece uns rabiscos de crianças instáveis fascinadas pelo vermelho-sangue e pelo negro-carvão. Na mesinha de ferro fundido, descoberta num brechó onde Kim adora fuçar nos finais de semana, entre enfeites de cerâmica e um cinzeiro cheio como uma urna, um jornal de grande circulação... Está aberto na foto da minha mulher.

Kim precipita-se.

Retenho-a com a mão.

— Não tem importância.

Confusa, ela recolhe assim mesmo o jornal e vai jogá-lo na cesta de lixo.

Tomo lugar na poltrona, perto da veneziana que dá para um terraço repleto de vasos de flores. O apartamento tem uma vista ampla sobre a avenida. Uma circulação intensa engrossa a rua. A tarde se entrega, e a noite anuncia-se febril.

Jantamos na cozinha, Kim e eu. Ela, uns bocadinhos; eu, sem convicção. A foto do jornal gruda-se às minhas pálpebras. Cem vezes quis perguntar a Kim o que ela pensa dessa história que os jornalistas reviram ao sabor de seus delírios; cem vezes quis lhe tomar o queixo com as mãos, fixá-la direto nos olhos e pedir que me diga, exatamente, se de fato ela acha, em sua alma e consciência, que Sihem Jaafari, minha esposa, a mulher com quem partilhou tantas coisas, era capaz de se entupir de explosivos e se detonar no meio de uma festa. Não ousei abusar de sua amabilidade... Ao mesmo tempo, em meu foro íntimo, rezo para que ela também não diga nada, para que ela não segure minha mão em sinal de compaixão; eu não sobreviveria ao gesto de excesso... Estamos bem assim; o silêncio preserva-nos de nós mesmos.

Ela tira a mesa sem muito barulho, me oferece um café. Peço-lhe um cigarro, ela franze as sobrancelhas. Faz anos que parei de fumar.

— Tem certeza?

Não respondo.

Ela me estende o maço, depois o isqueiro. As primeiras baforadas fazem meu cérebro borbulhar. As seguintes me dão vertigem.

— Não pode diminuir a luz, por favor?

Ela apaga o lustre do teto e acende um abajur. A relativa penumbra da sala atenua minhas angústias. Duas horas depois, estamos na mesma posição, frente a frente, os olhos perdidos em nossos pensamentos.

— É preciso ir para cama — decreta. — Tenho um dia carregado amanhã e estou caindo de sono.

Ela me instala no quarto de hóspedes.

— Está bem assim? Não precisa de mais travesseiros?

— Boa noite, Kim.

Ela toma um banho antes de apagar a luz de seu quarto.

Mais tarde, veio ver se eu dormia. Finjo estar desmaiado.

Uma semana se passou. Não pus os pés em casa nesse tempo. Kim me hospeda, cuidando de não arranhar minhas suscetibilidades — um fogueteiro manipulando uma bomba não seria mais prudente.

Minhas feridas cicatrizaram-se, minhas contusões desinflamaram, meu joelho machucado não me obriga mais a saltitar, mas meu punho ainda carrega a atadura.

Quando Kim não está, tranco-me num canto da casa e não me movo dali. Sair para onde? A rua não me atrai. O que vou encontrar além do de ontem? Ainda menos, com certeza. É inútil tentar reconciliar-se com as coisas familiares quando o coração assim não quer. No quarto, as cortinas fechadas, sinto-me abrigado. Não corro grandes riscos. Não estou bem, mas também não estou totalmente lesado. Preciso subir essa escarpa. O fundo do poço não serve para ninguém. Nessa espécie de sucumbimento, se não reagimos rápido, não somos mais donos de nada. Apenas o espectador do próprio desgoverno, e não percebemos o precipício que nos engolfa para sempre... Kim sugeriu que fôssemos um dia até a casa de seu avô, na praia. Respondi que não estava pronto para retomar o que jamais seria como antes. Preciso distanciar-me, entender o que está acontecendo. Ao longo do dia, porém, tranco-me no quarto e não penso em absolutamente nada. Ou então me instalo perto da veneziana da sala e passo a maior parte do tempo a olhar sem ver os carros se movimentarem pela avenida. Apenas uma vez me aflorou ao espírito a idéia de pular para trás de um volante e rodar ao acaso, até o radiador explodir; não tive coragem de voltar ao hospital para buscar meu carro.

Assim que pude andar sem me apoiar pelas paredes, pedi para ver Naveed Ronnen. Queria oferecer uma sepultura decente a minha mulher. Não suportava imaginá-la trancada nessa gaveta frigorífica do necrotério, com uma etiqueta em torno do dedo do pé. Para me evitar uma raiva inútil, Naveed trouxe os formulários devidamente preenchidos; só precisava da minha assinatura.

Paguei a multa e recuperei o corpo sem dizer nada a ninguém. Fiz questão de enterrar Sihem na mais estrita intimidade, em Tel-Aviv, a cidade onde nos encontramos pela primeira vez e onde decidimos viver até que a morte nos separasse. No cemitério, fora o coveiro e o imã, somente eu.

Quando cobriram de terra a vala onde repousaria doravante o maior bem da minha vida, senti-me um pouco melhor. Era como se eu tivesse cumprido uma tarefa que julgava inconcebível. Escuto até o fim o imã recitar os versículos, depois estendo umas notas que ele recolhe em sua mão falsamente fugitiva e volto à cidade.

Caminho ao longo de uma esplanada que dá sobre o mar. Turistas tiram fotos cumprimentando-se. Alguns jovens casais trocam juras à sombra das árvores; outros, de mãos dadas, passeiam ao longo do molhe. Vou a um pequeno bar, peço um café, sento-me a um canto perto da janela envidraçada e fumo tranqüilamente cigarro após cigarro.

O sol começa a se mostrar tímido. Chamo um táxi e peço-lhe que me deixe em Sederot Uerushalayim.

Tem gente na casa de Kim. Não me escutam entrando. Do vestíbulo, não posso ver a sala. Reconheço a voz de Ezra Benhaïm, outra, bem mais pesada, de Naveed e a voz fluida de Benjamin, o irmão mais velho de Kim.

— Não vejo qual a relação — diz Ezra depois de limpar a garganta.

— Há sempre uma relação ali onde menos suspeitamos — diz Benjamin, que foi por muito tempo professor de Filosofia na universidade de Tel-Aviv antes de juntar-se a um movimento pacifista bastante controvertido em Jerusalém. — Por isso é que sempre passamos ao largo das coisas.

— Não vamos exagerar — protesta polidamente Ezra.

— Os cortejos fúnebres, que se cruzam de um lado e de outro, nos fizeram dar um passo adiante?...

— São os palestinos que se recusam a ouvir a voz da razão.

— Talvez sejamos nós quem se recusa a ouvi-la.

— Benjamin está certo — diz Naveed com voz calma e inspirada. — Os integristas palestinos mandam crianças se explodirem em pontos de ônibus. É o tempo de recolher nossos mortos, e os estados-maiores israelenses já estão enviando os helicópteros para destruir os barracos deles. No momento em que nossos governantes se preparam para cantar vitória, outro atentado põe de novo os pontos no ponteiro. Isso vai durar até quando?

Nesse exato instante, Kim sai da cozinha e me surpreende no corredor. Ponho um dedo nos lábios para implorar que não me traia, giro sobre os calcanhares e volto ao hall do elevador. Kim tenta me segurar, já estou na rua.

# 6

Eis-me de volta ao meu lugar. Como um fantasma ao local do crime. Não sei como cheguei até aqui. Depois de fugir da casa de Kim, tomei uma avenida ao acaso e andei até que as cãibras me alfinetassem a batata das pernas; saltei então dentro de um ônibus que me deixou no ponto final, jantei num boteco em Shipara, rodei de praça em praça até terminar o percurso no bairro residencial onde Sihem e eu jogamos nossas trouxas sete anos atrás, certos de criar em torno de nosso idílio um mausoléu inexpugnável. É um belo bairro, discreto, orgulhoso de suas mansões opulentas e de sua quietude, onde se pavoneiam as grandes fortunas de Tel-Aviv mais a colônia de novos-ricos, entre os quais alguns imigrantes russos reconhecíveis por seu sotaque rústico e por sua mania de querer impressionar os vizinhos. Na primeira vez em que Sihem e eu passamos por ali, ficamos imediatamente seduzidos. A luz do dia parecia mais brilhante que em qualquer outro lugar. Gostamos das fachadas de pedra talhada, dos grandes portões de ferro fundido e dessa aura de felicidade que envolvia as casas de janelas escancaradas e belas varandas. Na época, morávamos em um bairro da periferia, bem dissonante, num pequeno apartamento no terceiro andar de um prédio banal em que as cenas domésticas eram a moeda corrente. Apertávamos rigorosamente o cinto para pôr algum dinheiro de lado; queríamos mudar, mas estávamos muito longe de imaginar que aportaríamos em um canto tão nobre. Jamais esquecerei a alegria de Sihem quando retirei a venda que escondia seus olhos para lhe mostrar a *nossa* casa. Deu um pulo tão grande que sua cabeça bateu no teto do carro. E vê-la perdidamente feliz como uma menina a quem se realiza o desejo mais caro no dia de seu aniversário era, para mim, o encantamento mais completo. Quantas vezes não me saltou ao pescoço para me beijar a boca, à vista dos passantes, ela que enrubescia como um pimentão quando eu ousava beliscá-la na rua?... Empurrou a grade do portão e correu à porta de carvalho maciço. Sua impaciência era tamanha que eu não conseguia enfiar direito a chave no buraco da fechadura. Seus gritos de alegria ainda ressoam em meus ouvidos. Vejo-a, os braços abertos, rodopiando no meio da sala, como uma bailarina ébria de sua arte. Foi preciso abraçá-la para conter seus arroubos. Seus olhos me inundavam de gratidão; sua felicidade me inebriava. E ali, na imensa sala nua, estendemos nossos mantôs pela pedra do chão e amamo-nos feito dois adolescentes maravilhados e temerosos das primeiras erupções dos corpos em transe...

Deviam ser onze horas, talvez um pouco menos, e nenhuma alma à vista. A rua de minhas vitórias desaba de sono; as luzes dos postes são consternadoras de nulidade. Órfã de sua romança, minha casa evoca agora um lar assombrado — a obscuridade que a circunda tem algo de horripilante. Parecia abandonada há gerações. Deixamos as venezianas abertas, o outro dia; alguns vidros estavam quebrados. Pedaços de papel cobrem o jardim de flores devastadas. Na fuga, Kim esqueceu de trancar a grade do portão que, aberta a visitantes mal-intencionados, range suavemente no silêncio, tal um lamento diabólico. Com uma barra de ferro, arrancaram literalmente a fechadura. Também arrebentaram um trinco da porta e destruíram a campainha. Pedaços de jornal, que a vingança popular fixou em meu muro, voam entre pixações rancorosas. Muita coisa aconteceu na minha ausência...

Tem correspondência na minha caixa postal. Junto com as faturas, um pequeno envelope me chama a atenção. Sem remetente; apenas um selo e um carimbo por cima. Foi postado em Belém. Meu coração quase arrebenta quando reconheço a letra de Sihem. Precipito-me ao quarto, acendo a luz, sento-me perto da mesa-de-cabeceira na qual domina uma foto de minha mulher.

Súbito, estanco.

Por que Belém?... O que vai me revelar, esta carta de além-túmulo? Meus dedos tremem; meu pomo-de-adão afoba-se em minha garganta ressequida. Por um momento, pensei abri-la mais tarde. Não me sinto em condições de estender a outra face, de perdoar os abusos da infelicidade que me persegue desde o atentado. O vendaval que destruiu minhas referências fragilizou-me seriamente; não terei forças para sobreviver a mais uma maldade... Ao mesmo tempo, não me sinto tampouco capaz de esperar nem mais um segundo. Todas as minhas fibras estão tensas, prestes a romper, meus nervos à flor da pele a dois dedos de provocar um curto-circuito. Respiro fundo e rasgo o envelope — se eu tivesse cortado o pulso, não me sentiria tão ameaçado. Um suor urticante escorre das minhas costas. Meu coração bate cada vez mais rápido; ressoa surdamente em minhas têmporas, preenchendo o quarto de ecos vertiginosos.

A carta é breve, sem data nem cabeçalho. Apenas quatro linhas redigidas às pressas sobre uma folha arrancada de um caderno escolar.

Leio:

> *De que serve a felicidade quando ela não é compartilhada, Amin, meu amor? Minhas alegrias se iam a cada vez que as tuas não as acompanhavam. Você queria ter filhos. Eu queria merecê-los. Nenhuma criança está protegida de verdade se não tem uma pátria... Não me queira mal.*
>
> *Sihem.*

A folha me escapa, cai das minhas mãos. Com um baque, tudo desmorona. Não encontro mais a mulher que esposei para o melhor e *para sempre*, que acalentou meus mais ternos anos, que enfeitou meus projetos com guirlandas resplandecentes, que encheu minha alma com sua doce presença. Não encontro mais nada que se assemelhe a ela, nem em mim nem em minhas lembranças. O retrato que a mantém cativa de um instante revoluto, irremediavelmente anulado, me dá as costas, incapaz de assumir a imagem que ele próprio ostenta, aquilo que eu acreditava ser a mais bela coisa que me acontecera na vida. Estou como se fora jogado por cima de uma falésia, engolfado por um abismo. Faço não com a cabeça, não com as mãos, não com todo o meu ser... *Vou acordar*... Estou acordado. Não estou sonhando. A carta jaz a meus pés, bem real, questionando minhas convicções, todas elas, pulverizando uma a uma minhas certezas mais empedernidas. Minhas últimas balizas me abandonam... *Não é justo*... o filme de meus três dias de cativeiro se refaz em minha mente. A voz do capitão Moshé volta a me perseguir, acentuando inextricáveis imagens em torvelinho com seus gritos cavernosos. Tal um flash, clarões as iluminam; revejo Naveed me esperando na escadaria, Kim que me recolhe em estado lamentável no meu jardim, meus agressores que querem me linchar na minha própria casa... Tomo a cabeça entre as mãos e abandono-me à imensa lassidão que me toma, aterrorizando-me.

*O que está me dizendo, Sihem, meu amor?*

A gente acha que sabe. Então baixamos a guarda e fazemos de conta que tudo está na mais perfeita ordem. Com o tempo, não prestamos mais atenção nas coisas mais importantes. A gente confia. Que mais se pode pedir? A vida nos sorri, a sorte também. Amamos e somos amados. Podemos cumprir nossos sonhos. Tudo vai bem, tudo nos abençoa... Súbito, sem aviso prévio, o céu desaba sobre nós. Então, quando tudo vai pelos ares, a gente percebe que a vida, *toda* a vida — com seus altos e baixos, suas dores e suas alegrias, suas promessas e seus fracassos — está por um fio, tão inconsistente e imperceptível como o fio de uma teia de aranha. Então, o mínimo ruído nos aterroriza, e não temos mais vontade de acreditar no que quer que seja. Tudo o que queremos é fechar os olhos e não pensar em mais nada.

— Você esqueceu de novo de fechar a porta! — repreende-me Kim.

Está em pé na porta do meu quarto, os braços cruzados no peito. Não a escutei chegando.

— Por que foi embora, aquela hora? Ezra e Naveed tinham ido atrás de você. Não suporta mais ver os amigos?

Seu sorriso embaraçado se retrai.

— O que houve? Está com uma cara, hein?

Não devo de fato ter boa aparência porque ela se precipita em minha direção, me toma os pulsos para verificar se estão inteiros:

— Não se cortou, pelo menos? Miséria! Não tem uma gota de sangue na cara. Viu um fantasma ou o quê? O que há de errado? Diga alguma coisa, merda! Engoliu essas porcarias, foi isso? Olhe-me nos olhos, e me diga se tomou essa droga. É uma loucura o que está tentando fazer com você, Amin! — grita ela, procurando à sua volta a cápsula de veneno ou o vidro de soníferos. — Não dá pra deixar você sozinho um minuto...

Vejo-a ajoelhar-se, dar uma olhada embaixo da cama, passar a mão aqui e ali...

Não reconhece minha voz quando eu lhe murmuro:

— *Foi ela,* Kim... Meus Deus! Como pôde?

Kim suspende seus atos e gestos. Levanta-se arqueada. Não entende.

— Do que você está falando?

Ela nota a carta a meus pés, recolhe-a, percorre-a num olhar. Sua testa se franze lentamente, linha a linha, à medida que lê.

— Senhor Todo-Poderoso! — suspira.

Observa-me. Não sabe como se comportar. Depois de um titubeio embaraçado, abre-me os braços. Encolho-me contra ela, bem miúdo e, pela segunda vez em menos de dez dias, eu que não verti uma só lágrima desde a morte do avô há mais de trinta anos, ponho-me a soluçar feito um menino.

Kim ficou comigo até a manhã seguinte. Quando desperto, encontro-a enrodilhada em uma poltrona, perto da minha cama, visivelmente sem forças. O sono nos surpreendeu quando menos esperávamos. Ignoro quem de nós dois sucumbiu primeiro. Desmaiei com os sapatos nos pés, o fecho de meu casaco no pescoço. Curiosamente, tenho a sensação de que uma grande tempestade passou por ali. A foto de Sihem na mesa-de-cabeceira não me provoca mais nada. Seu sorriso dissipou-se, seu olhar se esvaiu; a tristeza me derrubou, mas não acabou comigo.

Lá fora, chilros e gorjeios mordiscam o silêncio matinal. Acabou, disse para mim mesmo. Nasce mais um dia, lá fora e em mim.

Kim me leva até seu avô, que mora numa casinha à beira-mar. O velho Yehuda não sabe o que me aconteceu, e assim é melhor. Preciso recobrar os olhares de antes, aprender a não tomar o silêncio por um mal-estar embaraçado ou um sorriso por compaixão. Durante o trajeto, Kim e eu evitamos falar da carta. Para não nos arriscarmos, calamo-nos, ambos. Kim dirige sua Nissan, os óculos de sol no rosto. Seus cabelos palpitam no vento da estrada. Olha reto a sua frente, os braços cercando o volante. Eu, de minha parte, observo meu punho enfaixado e tento me interessar pelo ronronar do motor.

O velho Yehuda recebe-nos com a cortesia de sempre. Viúvo há mais de uma geração, seus filhos partiram a outros céus para viver sua vida. É um velho descarnado, de pomos salientes e os olhos imóveis em um rosto arrasado. Teve um câncer na próstata que o debilitou em alguns meses. Fica feliz quando o visitam. É como se o ressuscitassem. Vive como um eremita, contra sua vontade, esquecido na casa que construíra com as próprias mãos, no meio de seus livros e de suas fotografias que narram do começo ao fim os horrores da Shoah. Assim, quando um parente ou um amigo vem bater à sua porta, é como se levantassem o alçapão sob o qual se enterrara para trazer um pouco de luz a sua noite.

Almoçamos os três em um restaurante perto da praia. O dia está bonito. Salvo uma nuvem arrepiada que vai se esfiapando nos ares, o sol dispõe do céu inteiro para si. Algumas famílias largam-se pela areia, outras cuidam de um piquenique improvisado ali mesmo; outros ainda preferem caminhar no mar, a água até o tornozelo. Crianças correm piando como pássaros...

— Por que não trouxe Sihem com você? — pergunta de repente o velhoYehuda.

Meu coração pára de bater.

Kim, tomada também de surpresa, quase engole atravessado uma azeitona. Temia uma saída desse tipo da parte de seu avô, mas esperava-a muito antes; como nada viera, terminara baixando a guarda. Vejo-a entesar-se, o rosto carmesim, espreitando minha resposta como um culpado aguarda sua sentença. Limpo meus lábios no guardanapo e, depois de um silêncio pensativo, respondo que Sihem teve um contratempo. O velho Yehuda balança a cabeça e põe-se a mexer sua sopa. Compreendo que disse por dizer, provavelmente para romper o silêncio que nos punha em quarentena, cada qual em seu canto.

Depois do almoço, o velho Yehuda voltou para casa para sua sesta da tarde e fomos, Kim e eu, caminhar pela areia. Palmilhamos a praia de uma ponta a outra, as mãos atrás das costas, a cabeça longe dali. Às vezes, uma onda temerária rola até nós, nos lambe os tornozelos e retira-se de mansinho.

Esgotados e ao mesmo tempo refeitos, vamos a uma duna contemplar o pôr-do-sol. A noite nos subtrai à desordem das coisas. Faz-nos bem, aos dois.

Yehuda vem nos buscar. Jantamos na varanda, escutando o mar desmanchar-se contra os rochedos. A cada vez que o velho Yehuda vem nos contar a história de sua família deportada, Kim lembra-lhe que prometera não perturbar a noite. Ele reconhece que concordara em não remexer em suas misérias de antanho e enterra-se em sua cadeira, um tanto aflito por guardar suas memórias somente para si.

Kim me oferece uma cama extra no quarto de cima e prefere dormir no chão, num colchonete. Apagamos a luz cedo.

A noite inteira tentei compreender como Sihem chegara àquilo. A partir de quando começou a me escapar. Como pude não perceber nada?... Ela certamente tentara me dar um aviso, dizer-me algo, fazer um sinal que não captei. Onde eu estava com a cabeça? É verdade, seu olhar perdera muito de seu brilho nos últimos tempos; seus risos espaçaram-se, mas era essa *a* mensagem que eu devia decifrar, a mão estendida que eu devia ter segurado para impedir à enchente de me confiscá-la? Derrisórios indícios, esses, para alguém que não poupava meios de fazer uma festa de cada beijo e de cada abraço um orgasmo. Remexo de ponta a ponta as lembranças em busca de um detalhe suscetível de confortar minha alma; nada de muito convincente. Entre Sihem e eu, o amor era perfeito — nem uma falsa nota parecia arranhar as serenatas que o saudavam. Nós não falávamos um ao outro, nós nos *contávamos* coisas, como diz o narrador dos idílios benditos. Se alguma vez se lamentou, eu pensei que ela cantava; não podia imaginar que estivesse tão distante da minha própria felicidade, se afinal era ela mesma, e só ela, quem a encarnava por inteiro. Certa vez ela falou em morrer. Foi à beira de um lago suíço na hora em que o horizonte no crepúsculo parece o quadro de um grande mestre: "Eu não sobreviveria um momento a mais depois de você", confiou-me. "Você é o mundo para mim. Morro a cada vez que perco você de vista." Sihem estava radiante nessa noite, com seu vestido branco. Os homens sentados à nossa volta no terraço do restaurante devoravam-na com os olhos. O lago parecia inspirar-se de seu frescor para acolher o da noite... Não, não foi ali que ela me avisara de nada; estava tão feliz, tão atenta ao sopro do vento que fazia arrepiar a superfície da água; ela era o que a vida podia ter me oferecido de mais belo.

O velho Yehuda levanta-se antes de todos. Escuto-o preparando o café. Livro-me da coberta, enfio a calça e os sapatos, passo por cima de Kim deitada como cão de guarda ao pé da minha cama, o lençol enroscado em volta dos tornozelos.

Fora, a noite se despede.

Desço, cumprimento Yehuda sentado na cozinha; segura uma xícara fumegante entre as mãos.

— Bom dia, Amin... Tem café quente no fogão.

— Mais tarde — digo-lhe. — Vou primeiro ver o dia levantar-se.

— Ótima idéia.

Desço um pequeno caminho que leva até a praia, ocupo uma pedra e me concentro na brecha infinitesimal que vem arranhar as trevas. A brisa forrageia debaixo da minha camisa, desmancha meu cabelo. Abraço os joelhos, pouso suavemente o queixo por cima e não tiro os olhos do traço opalino que abre delicadamente as vestes do horizonte...

— Deixe o rumor das ondas absorver o que te agita — surpreende-me o velho Yehuda, sentando-se a meu lado. — É a melhor coisa para alcançar o vazio dentro de si...

Ele escuta uma onda gargarejar no buraco da rocha, depois, passando o punho no nariz, confia-me:

— Sempre se deve olhar o mar. É um espelho que não mente. Foi assim que aprendi a não olhar mais para trás. Antes, quando dava uma olhada por cima dos ombros, encontrava sempre intactas minhas dores, minhas tristezas e meus fantasmas. Não deixavam que eu tomasse gosto pela vida, entende? Impediam que eu renascesse das minhas cinzas...

Desenterra um pedregulho, pesa-o distraidamente.

Sua voz se fende quando acrescenta:

— É por isso que agora que estou perto do fim escolhi morrer na minha casa à beira d'água... Quem olha o mar vira as costas aos infortúnios do mundo... em algum lugar, encontra resignação.

Seu braço descreve um arco quando lança a pedra nas vagas.

— Passei o tempo mais essencial da minha vida a lutar contra os sofrimentos do passado — conta ele. — Nada, para mim, valia um recolhimento ou uma comemoração. Estava persuadido de que, se eu sobrevivera à Shoah, fora para manter sua memória. Só tinha olhos para as estelas funerárias. Assim que eu descobria que iam inaugurar mais uma em algum canto, subia a um avião para me postar logo nas primeiras fileiras. Registrava todas as conferências referentes ao genocídio judeu e percorria a Terra de uma ponta a outra para relatar o que o nosso povo sofreu nos campos de extermínio, entre as câmaras de gás e os fornos crematórios... Mas eu mesmo não vi muita coisa do Holocausto. Eu tinha quatro anos. Às vezes me pergunto se algumas de minhas lembranças não são fruto de traumas contraídos bem depois da guerra, nas salas obscuras onde se projetavam documentários a respeito das atrocidades nazistas.

Depois de um longo silêncio, no curso do qual teve de lutar para conter o fluxo de suas emoções, ele prossegue:

— Eu tinha nascido para ser feliz. A providência parecia ter posto todas as oportunidades do meu lado. Eu era são de corpo e de espírito. Minha família era bem situada. Meu pai, médico, exercia sua profissão no mais prestigioso consultório de Berlim. Minha mãe ensinava história da arte na universidade. Morávamos em uma casa maravilhosa num bairro chique. Com um jardim grande como um prado. Tínhamos empregados que se ocupavam dos meus mínimos desejos, o caçulinha de uma frátria de seis filhos.

— Sabíamos muito bem que na cidade nem tudo era assim tão cor-de-rosa. A segregação racial ganhava terreno, a cada dia mais um pouco. As pessoas diziam coisas grosseiras quando cruzavam conosco na rua. Mas, assim que voltávamos para casa, penetrávamos no coração da própria felicidade...

— Depois, numa manhã, tivemos de renunciar a nosso porto seguro para ir ao encontro de intermináveis coortes de famílias desamparadas, expulsas de suas casas e entregues aos demônios da *Kristalnach*. Há manhãs mais sombrias que todas as noites. A do outono de 1938 com certeza foi a mais abissal de todas elas. Ainda vou lembrar muito tempo o silêncio que escoltava a desgraça dessa gente de olhar vazio, e da qual a estrela amarela adulterava, ultrajosa, o corte de suas roupas.

— A estrela amarela veio em setembro de 1941.

— Eu sei. Ela continua aqui, porém, grudada a cada uma das minhas lembranças, infestando minha memória em seu mais ínfimo recôndito. Pergunto-me se não nasci com ela... Eu não era mais alto que três maçãs, mas parece que olhava por cima da cabeça dos adultos, sem enxergar o menor pedaço de horizonte. Foi uma manhã única em seu gênero. Uma atmosfera triste nos cercava, e a bruma apagava nossos sinais no caminho do não-retorno. Lembro-me de cada frêmito nos rostos sem vida, do torpor carregado de drama, das folhas mortas que cheiravam a animais abatidos. Quando uma coronhada jogava por terra um condenado, eu levantava os olhos a meu pai para tentar entender; ele afagava meus cabelos e me dizia baixinho: "Não é nada. Vai passar...". Juro que ainda sinto, conversando agora com você, seus dedos na minha cabeça, e me arrepio de medo...

— *Sabba* — ralha Kim, que veio ter conosco.

O velho levanta os braços como um garoto surpreendido com o dedo no pote de geléia.

— Peço desculpas. É mais forte que eu. Por mais que eu jure não enfiar a faca na ferida, é exatamente o que faço a cada vez que acho que tenho algo a dizer.

— É porque você não olha o suficiente o mar, *sabba* querido — diz-lhe Kim, massageando ternamente seu pescoço.

O velho Yehuda reflete no que disse sua neta como se fossem palavras ouvidas pela primeira vez. Seus olhos se velam de uma dor longínqua, povoada de evocações trágicas. Por alguns instantes, parece não saber mais onde está e tem dificuldade em voltar a si;

com as mãos da neta sustentando-lhe a nuca, ele recobra um pouco da lucidez.

— Você tem razão, Kim. Falo demais...

Depois, com uma voz trêmula:

— Nunca vou entender por que os sobreviventes de um drama se sentem obrigados a fazer crer que devem ser mais lastimados que aqueles que ali deixaram sua pele.

Seu olhar percorre a areia da praia, mergulha no meio das ondas e vai se perder no largo, enquanto sua mão diáfana sobe lentamente em direção à de sua neta.

Todos os três, tolhidos cada um em seu silêncio, contemplam o horizonte que a aurora abrasa de mil fogos, certos de que o dia que se levanta, tanto quanto os outros que o precederam, não traria luz suficiente ao coração dos homens.

# 7

Finalmente, foi Kim quem pegou meu carro no hospital. Pelas últimas notícias, sou *persona non grata* por ali. Ilan Ros conseguiu levantar a maioria dos funcionários contra mim. Entre os signatários das petições que se opunham à minha volta, alguns até sugeriram que eu declinasse da nacionalidade israelense.

A atitude de Ilan Ros não me surpreende muito. Perdeu o irmão caçula, um sargento da guarda de fronteiras, em uma emboscada no sul do Líbano, há uns dez anos. Nunca se recuperou. Ainda que andássemos por vezes juntos, jamais esqueceu de onde venho e de quem descendo. A seus olhos, apesar de minha competência como cirurgião e de minhas aptidões sociáveis, tanto na profissão quanto na vida da cidade, eu continuava a ser um árabe — indissociável, portanto, do forasteiro intruso e, em menor grau, de um potencial inimigo. De início, eu suspeitava que ele flertasse com algum movimento segregacionista. Enganei-me, porém — ele simplesmente tinha inveja de meu sucesso. Eu não guardava rancor. Mas isso não o sossegou. Quando o respeito que meu trabalho suscitava o enervava demais, atribuía meus louros a uma simples medida demagógica que consistia em propagandear a política da integração, da qual eu era o espécime mais convincente. O atentado suicida de Haqirya veio a calhar para legitimar o assalto de seus velhos demônios.

— Ei, está falando sozinho — surpreende-me Kim.

Também me surpreende seu frescor. Parece uma fada emergindo de uma fonte da juventude, com os cabelos negros encaracolando nas costas e os olhos grandes sublinhados por um delineador. Usa uma calça branca de corte impecável e uma camisa tão leve que esposa perfeitamente as curvas voluptuosas de seus seios. Seu rosto está descansado, e seu sorriso radioso. Tenho a impressão de notá-la, enfim, depois de tantos dias e tantas noites compartilhados em uma espécie de inconsciência. Ainda ontem era só uma sombra que gravitava em torno de minhas interrogações. Sou incapaz de me lembrar de como estava vestida, se estava maquiada, se seus cabelos caíam pelos ombros ou estavam presos num coque.

— Nunca se está de fato só, Kim.

Puxa uma cadeira em minha direção e senta-se, a cadeira virada ao contrário. Seu perfume quase me embriaga. Vejo suas mãos transparentes branquear nos nós dos dedos estreitando o espaldar da cadeira. Sua boca hesitante treme quando me pergunta:

— Então, me diga com quem conversava.

— Eu não estava conversando; pensava em voz alta.

A serenidade de meu tom lhe dá coragem. Debruça-se por cima da cadeira para me olhar mais de perto e me confia em um murmúrio quase cúmplice:

— Em todo caso, parecia estar em boa companhia. A tristeza te embelezava.

— Provavelmente era meu pai. Nos últimos tempos tenho pensado muito nele.

Suas mãos vêm reconfortar as minhas. Nossos olhares se cruzam, mas rápido se desviam, temendo descobrir luares que os indisporiam.

— Como vai o punho? – pergunta, para afastar o incômodo que se instalou bruscamente.

— Não me deixa dormir. Parece que tenho uma pedra plantada na palma da mão, e minhas articulações formigam.

Kim toca a atadura que cobre minha mão, mexe ternamente nos meus dedos.

— Em minha opinião, devíamos voltar ao posto para ver isso de novo. A primeira radiografia não foi boa. Talvez esteja fraturado.

— Tentei dirigir esta manhã. Tive dificuldades com o volante.

— Queria ir para onde? — faz ela, desconcertada.

— Não tenho a menor idéia.

Levanta-se, a testa franzida.

— Vamos ver esse pulso, é mais razoável.

Voltamos novamente ao posto, em seu carro. Durante o trajeto, não diz uma palavra, ocupada certamente em adivinhar aonde eu tinha a intenção de ir, dirigindo, esta manhã.

Talvez pergunte a si mesma se, de tanto me cobrir de mil precauções, não estaria me sufocando.

Morro de vontade de colocar minha mão sobre a dela, mostrar-lhe quanto tenho sorte de tê-la a meu lado, mas não encontro em lugar algum a força capaz de tornar o gesto possível. Tenho medo de que minha mão me escape, que as palavras não venham, que um desajeitamento confuso maltrate a decência de minhas intenções — acho que estou perdendo a confiança em mim mesmo.

Uma enfermeira gorda cuida de mim. Não gosta da cara que tenho e me recomenda em tom peremptório que melhore meus hábitos alimentares e privilegie os bifes grelhados e as verduras, pois, confia-me ao ouvido, pareço alguém em greve de fome. O médico estuda minha primeira radiografia, declara-a bem legível e reluta muito tempo antes de consentir em pedir uma segunda. A nova chapa confirma o diagnóstico precedente — nenhuma fratura verificada, tampouco nenhuma luxação, só um enorme traumatismo na base do indicador e um outro, de menor consistência, na altura do punho. Prescreve-me uma pomada, antiinflamatórios, comprimidos para me ajudar a dormir e me manda de volta à enfermeira.

Na saída, vejo Naveed Ronnen. Está nos esperando em seu carro, no estacionamento do posto médico, o pé apoiado contra a porta aberta, as mãos atrás da nuca, fixando pacientemente o alto de um lampadário.

— Ele está me seguindo, por acaso? — pergunto, surpreso por encontrá-lo ali.

— Não diga besteira — repreende-me Kim, zangada. — Ligou no meu celular para ter notícias de você, e fui eu quem o convidou a nos encontrar aqui.

Percebo o tamanho da minha grosseria; não me desculpo.

— Não deixe a tristeza alterar seus modos, Amin.

— De que é que está falando? — retruco, irritado.

— Não serve para nada ser desagradável — responde, sustentando meu olhar.

Naveed desce do carro. Usa uma jaqueta com as cores da equipe nacional de futebol, tênis novos e um boné preto com a aba virada para trás. Sua barriga cai nos joelhos, enorme e flácida, quase grotesca. As intermináveis sessões de aeróbica e musculação que impõe a si mesmo com um rigor religioso não parecem ter dado conta de controlar sua gordura cada vez mais vexaminosa. Naveed não se orgulha de seu porte de urso malfeito que põe à dura prova os centímetros que faltam a seu pé — o que confere a seu andar algo de desengonçado, comprometendo o ar sério e a autoridade que quer encarnar.

— Estava jogando uma bola por aqui — solta, como para se justificar.

— Ninguém proibiu — retruco.

Percebo logo a agressividade e o caráter deslocado da minha alusão, mas, curiosamente, não experimento nenhuma necessidade de consertá-la. Parece mesmo que sinto certo prazer, obscuro como a sombra que cobre minha alma. Não é de meu feitio a maldade gratuita, e, ao mesmo tempo, não sei como contê-la.

Kim me belisca debaixo do braço — gesto que não escapa a Naveed.

— Bom — resmunga, profundamente desapontado —, se eu incomodo...

— Por que está dizendo uma coisa dessas? — tento me retratar.

Ele me fulmina com o olhar, tão forte que os músculos de seu rosto se ressentem. Minha pergunta fere sua suscetibilidade, mais que minhas alusões. Volta sobre seus passos, se posta à minha frente e me fixa de modo a impedir que meus olhos se desviem. Está muito bravo.

— A mim é que pergunta, Amin? — diz em tom exaltado. — Sou eu que evito você ou, ao contrário, é você quem dá meia-volta assim que me vê por perto? O que é que está acontecendo? Fiz algo contra você, sem saber, ou é você que tá pirando?

— Não é nada disso. Fiquei contente de ver você...

Aperta as pálpebras.

— Estranho... não é o que leio em teus olhos.

— Mas é a verdade.

— E se a gente fosse comer alguma coisa? — sugere Kim. — Eu convido. E você escolhe o lugar, Naveed.

Naveed concorda em passar uma esponja sobre minha grosseria, mas seu desgosto ainda resiste. Respira fundo, olha acima do ombro para refletir e nos sugere o Chez Zion, um pequeno bar tranqüilo, não muito longe dali, onde se degusta o melhor tira-gosto das redondezas.

Enquanto Kim segue o carro de Naveed, tento localizar as razões de minha agressividade para com aquele que não me abandonou quando os outros sistematicamente me arrastavam às gemônias. Seria, talvez, por aquilo que ele representa, essas insígnias de policial? Mas não era nada óbvio, justamente, para um tira, continuar freqüentando alguém cuja mulher é uma kamikaze... Faço e desfaço essas teorias todas na esperança de não me deixar levar por considerações suscetíveis de desguarnecer meus flancos e de me isolar ainda mais em meu tormento. Curiosamente, no instante mesmo em que evito o mau passo, a necessidade incoercível de fazer algo errado me parece mais pertinente. Seria, quem sabe, por que eu não queria me dissociar do erro de Sihem que eu insistia em ser grosseiro? Mas então, no que estou me transformando, meu Deus? O que quero provar, o que preciso tanto justificar? E o que sabemos nós, de fato, do que é verdadeiramente justo e do que não é? Das coisas que nos servem, das que não nos convêm. Certos ou errados, sempre nos falta discernimento. Assim vivem os homens: no pior, quando é o melhor de si mesmo que dão, e no melhor quando não quer dizer muita coisa... Meus pensamentos me acuam, brincam perversos com meu estado de espírito. Alimentam-se de minha fragilidade, abusam da minha tristeza. Estou consciente de que me solapam e deixo-os seguir como se abandona à sonolência o vigia confiante demais. Minhas lágrimas afogaram talvez um pouco da minha tristeza, mas a raiva ainda permanece, como um tumor cravado no fundo de mim ou tal um monstro das profundezas enfurnado nas trevas de seu covil, vigiando o momento propício de subir à superfície para aterrorizar o mundo. É o que pensa Kim, também. Ela sabe que busco exteriorizar esse horror devorador que chafurda em minhas entranhas, que minha agressividade é sintoma de uma violência extrema que brota laboriosamente em meu foro íntimo esperando reunir a carga propulsora de sua irrupção. Se ela não me perde de vista um segundo, é para melhor controlar os estragos. Mas meu jogo obscuro a desacorçoa; ela começa a duvidar.

Instalamo-nos no terraço do café, no meio de uma praça calçada de pedras. Alguns clientes ocupam aqui e ali uma mesa, uns em boa companhia, outros escrutando pensativamente seus copos ou suas xícaras. O dono é um homem alegre e divertido escondido debaixo de uma cabeleira rebelde que se perde em uma barba de viking. Loiro como um feixe de feno, os braços peludos até os ombros, parece sufocar em sua camiseta de marujo. Vem cumprimentar Naveed, que parece conhecer, toma nota de nossos pedidos e se afasta.

— Desde quando você fuma? — pergunta Naveed, vendo-me puxar um maço de cigarros.

— Desde que meus sonhos viraram fumaça.

A réplica consterna Kim, que se contenta em crispar os punhos. Naveed medita calmamente, o lábio inferior virado para baixo. Sinto-o a dois passos de me dar um basta; finalmente, encosta-se contra a cadeira e cruza as mãos no alto de sua pança.

O dono do bar volta com uma bandeja, coloca uma cerveja espumando diante de Naveed, um suco de tomate para Kim e uma xícara de café na minha frente. Diz uma gentileza divertida ao chefe de polícia e se retira. Kim é a primeira a levar o copo à boca e engole três pequenos goles de enfiada. Está muito decepcionada e cala-se para não gritar na minha cara.

— Como vai Margaret? — pergunto a Naveed.

Naveed não responde de imediato. Desconfiado, leva o tempo de beber um gole antes de arriscar:

— Ela vai bem, obrigado.

— E as crianças?

— Você sabe como são; às vezes se entendem bem, e outras vezes brigam.

— Continua a querer que Edeet se case com aquele mecânico?

— É ela quem quer.

— Acha que é um bom partido?

— Nesse tipo de assunto a gente não pensa muito; reza.

Aquiesço com a cabeça:

— Tem razão. O casamento sempre foi um jogo de sorte. Não adianta fazer cálculos ou precaver-se; ele obedece à sua própria lógica.

Naveed constata que o que digo não é uma armadilha. Distende-se um pouco, saboreia uma golada de sua cerveja, estala os lábios e levanta para mim um olhar imenso:

— E o punho?

— Foi feio, mas não tem nada quebrado.

Kim pesca um cigarro no meu maço. Estendo a ela meu isqueiro. Ela traga com voracidade e se endireita soltando uma grande baforada pelas narinas.

— Como andam as investigações? — digo sem mais.

Kim engasga-se com uma baforada mal tragada.

Naveed fixa-me intensamente; está de novo desconfiado.

— Não quero brigar com você, Amin.

— Nem é minha intenção. Tenho o direito de saber.

— Saber o quê, exatamente, se você se recusa a encarar os fatos?

— Não mais. *Sei que foi ela.*

Kim me vigia de perto, o cigarro contra o rosto, um olho fechado pela fumaça; não vê aonde quero chegar.

Naveed empurra delicadamente seu copo de cerveja como se quisesse abrir espaço à sua volta de modo a ter só a mim à sua frente.

— Sabe que foi ela o quê?

— Que foi ela quem se fez explodir naquele restaurante.

— Vejam só! E desde quando?

— Isto é um interrogatório, Naveed?

— Não necessariamente.

— Então, contente-se em me dizer a quantas andam as investigações.

Naveed deixa-se cair contra o encosto da cadeira.

— No ponto morto. Andamos em círculos.

— E o Mercedes velho?

— Meu sogro tem um exatamente igual.

— Com todos os meios de que dispõem e com suas redes de informantes, não conseguiram...

— Não é questão de meios nem de informantes, Amin — interrompe-me ele. — Trata-se de uma mulher acima de qualquer suspeita, que escondia tão bem seu jogo que o mais hábil de nossos agentes, qualquer que seja a pista que tome, desemboca invariavelmente no mesmo impasse. Mas o que conforta, nessas histórias, é que basta um sinal, um só, para que a máquina se ponha de novo a funcionar... Acha que tem algum?

— Não, não acho.

Naveed se remexe na cadeira, pesadamente, pousa os cotovelos na mesa e puxa para si o copo que afastara um minuto antes. Seu dedo desliza pela beirada do copo, limpando na passagem os restos do colarinho. Um silêncio implacável pesa no terraço.

— Sabe ao menos quem é a kamikaze, e já é um progresso.

— E eu?

— Você?

— Sim, eu. Estou limpo ou continuo a ser um suspeito?

— Você não estaria aí engolindo teu café sossegadamente se tivessem algo a te incriminar, Amin.

— Então por que foram me bater na minha própria casa?

— Nada a ver com a polícia. Há ódios que, como o casamento, não obedecem senão à sua própria lógica. Você tem o direito de registrar uma queixa. Não fez.

Esmago meu cigarro no cinzeiro, acendo outro, e acho de repente que tem um gosto detestável.

— Diga-me, Naveed, você que viu tantos criminosos, tantos arrependidos e todo tipo de energúmenos descompensados, como é que alguém pode, assim, de repente, se encher de explosivos e ir se arrebentar no meio de uma festa?

Naveed dá de ombros, visivelmente aborrecido:

— É a pergunta que faço a mim mesmo todas as noites, e não encontro nenhum sentido nisso, menos ainda uma resposta.

— Você já viu pessoas como essas?

— Muitas.

— E então? Como explicam sua loucura?

— Elas não explicam; assumem.

— Não pode imaginar como essa história me pega. Como, merda! Como um ser comum, são de corpo e alma, decide, no passe de uma fantasmagoria ou de uma alucinação, crer-se investido de uma missão divina, renunciar a seus sonhos e a suas ambições para se infligir uma morte atroz bem no que a barbárie tem de pior?

Creio que lágrimas de ódio turvam meu olhar à medida que as palavras maltratam meu pomo-de-adão. Kim remexe febrilmente suas coxas debaixo da mesa. Seu cigarro não é mais que um fio de cinza suspenso no vazio.

Naveed suspira, busca encontrar o que dizer. Percebe minha dor, parece também sofrer com ela.

— O que posso dizer, Amin? Acho até que os terroristas mais experimentados ignoram realmente o que se passa com eles. E pode acontecer com qualquer um. Um mecanismo em algum canto do subconsciente, e pronto. As motivações não têm todas a mesma consistência, mas geralmente são coisas assim, um clique, de repente — diz ele, estalando os dedos. — Ou a coisa cai sobre você como uma pedra ou gruda em você como um verme solitário. Depois, depois disso, você não olha mais o mundo da mesma maneira. Só tem uma idéia fixa: tirar essa coisa que habita corpo e alma para ver o que há debaixo dela. Aí, não dá mais pra dar marcha a ré. Aliás, nem é você quem está mais no comando. Acha que faz as coisas com tua própria cabeça, mas não é verdade. Não passa de um instrumento de tuas próprias frustrações. Para você, a vida, a morte, é tudo água da mesma fonte. Em algum canto dentro de você, renunciou a tudo que poderia ajudar a voltar à terra firme. Voa. Você é um extraterrestre. Vive no limbo, a perseguir huris e licornes. O mundo daqui, este de todo dia, nem quer ouvir mais falar dele. Só espera o momento de dar o passo. A única maneira de recuperar o que perdeu ou de retificar o que se foi — em duas palavras, a única maneira de fazer de você uma lenda é ter um final brilhante; transformar-se em fogo de artifício bem no meio de um ônibus de escola ou em torpedo lançado a toda a velocidade contra um tanque inimigo. Bum! O grande salto e, de prêmio, o estatuto de mártir. O dia do teu enterro torna-se então, a teus olhos, o único instante que te eleva à estima dos outros. O resto, o dia de antes e o dia de depois, não é mais problema teu: para você, isso nunca existiu.

— Silhem era tão feliz — lembro-lhe.

— Era o que pensávamos. Enganamo-nos, aparentemente.

Esquecemo-nos naquele pequeno café até tarde da noite. Isso permitiu que eu me liberasse, limpasse o mofo que me poluía o espírito. Minha agressividade foi se dissipando ao sabor da conversa. Várias vezes, surpreendi minhas lágrimas na ponta das pálpebras, mas impedi-as de ir adiante. A mão de Kim reconfortava a minha a cada vez que minha voz tropeçava. Naveed foi muito paciente. Conteve calmamente todas as minhas descortesias e prometeu manter-me informado do desenrolar da investigação. Deixamo-nos reconciliados, mais unidos que nunca.

Kim me levou para sua casa. Comemos uns sanduíches na cozinha, fumamos cigarro atrás de cigarro na sala falando de tudo e de nada e depois fomos cada qual para seu quarto. Mais tarde, Kim veio verificar se eu precisava de algo. Antes de apagar a luz, pergunta-me de supetão por que eu não contei a Naveed da carta.

Afasto os braços e confesso:

— Não sei, não sei por quê.

# 8

Segundo Kim, a direção do hospital recebeu um bocado de cartas da parte de meus antigos pacientes e seus parentes: estimavam que eu fosse tão vítima, diziam, quanto aqueles que pereceram no restaurante lançado aos ares por minha esposa. O hospital está dividido; as paixões tinham se atenuado um pouco e meus detratores indagavam-se agora se as petições que assinaram eram mesmo razoáveis. Diante da complexidade da situação, meus superiores declararam-se não habilitados a resolver a questão e entregaram o caso à decisão das altas autoridades.

De minha parte, a minha estava tomada — eu não voltaria a meu posto, nem mesmo para recuperar minhas coisas pessoais. A cabala contra mim encabeçada por Ilan Ros afetou-me profundamente. No entanto, não ostento minha religiosidade em lugar nenhum. Desde a universidade, tento cumprir escrupulosamente meus deveres de cidadão. Cônscio dos estereótipos que me expõem em praça pública, esforço-me por me sobrepor a eles, um a um, oferecendo o melhor que posso e relevando as injúrias de meus colegas judeus. Muito jovem, eu já tinha entendido que ficar no meio de campo não levava a nada e que eu precisava escolher bem rápido de que lado eu estava. Escolhi então por campo a competência e por aliadas minhas convicções, persuadido de que com o tempo eu ia conseguir respeito. Não acho que tenha faltado uma só vez às regras que fixei para mim mesmo. Elas eram meu fio de Ariadne — tão incisivo quanto um fio de navalha. Para um árabe que escapava a sua sorte — e que tinha ainda por cima se dado ao luxo de ascender a escalões maiores —, o menor passo em falso era fatal. Sobretudo quando era um filho de beduíno, vivendo sob a mira dos aprioris e envolto nessa caricatura que arrasta consigo para lá e para cá, à guisa de corrente de forçado, por entre a mesquinharia dos homens, coisificando-o por momentos, demonizando-o por vezes, desqualificando-o o mais freqüentemente. Desde meu primeiro ano na universidade, aquilatei a extrema brutalidade do percurso que me esperava, os esforços titânicos que eu devia empreender se quisesse merecer o estatuto de um cidadão pleno. O diploma não resolvia tudo, ainda era preciso que eu seduzisse e não incomodasse, que recebesse os golpes sem revidá-los, que fosse paciente, até perder o fôlego, para não perder a honra. Contra minha vontade, surpreendi-me representando *minha* comunidade. De certo modo, eu devia vencer por ela. Nem precisava do mandato dos *meus*; o olhar dos *ou-*

*tros* me designava oficialmente a essa missão ingrata e pérfida.

Eu vinha de um ambiente pobre, mas digno, onde a palavra dada e a retidão de costumes eram as duas têtas da salvação. Meu avô reinava como patriarca sobre a tribo. Tinha suas terras e nenhuma ambição, e ignorava que a longevidade não vinha da firmeza das responsabilidades assumidas, mas do permanente questionamento das próprias certezas. Morreu espoliado, os olhos abertos, o coração destruído de estupefação ultrajada. Meu pai não queria herdar suas viseiras. A condição de camponês não o empolgava; queria ser artista — o que significa no glossário ancestral um vagabundo e um marginal. Lembro as brigas antológicas que se produziam a cada vez que meu avô o surpreendia pintando suas telas num barraco transformado em ateliê ocasional, enquanto os outros membros da família, os grandes e os pequenos, se matavam de trabalhar no pomar. Meu pai retorquia, com sua calma olímpica, que a vida não era apenas *sachar, podar, irrigar e colher*; que ela era também *pintar, cantar e escrever*; e *instruir*; e que a mais bela das vocações era *curar*. Seu maior desejo era que eu fosse médico. Raramente vi alguém se desvelar tanto por seu rebento como ele. Eu era seu único filho. Se não queria outros mais, era para poder me dar o máximo de oportunidades. Apostou tudo o que possuía para dar à tribo seu primeiro cirurgião. Quando me viu brandindo o diploma de doutor, lançou-se em meus braços como um riacho ao mar. A única vez em que vi lágrimas escorrendo em suas faces, foi nesse dia. Morreu num leito de hospital, acariciando, como se fosse uma relíquia sagrada, o estetoscópio que eu carregava propositalmente para fazê-lo feliz.

Meu pai era um homem de bem. Aceitava as coisas como elas vinham, de maneira franca e sem alarde. Não pretendia pegar o touro pelos chifres, e quando puxava o diabo pelo rabo não fazia grande estardalhaço. Para ele, os infortúnios não eram provações, mas incidentes de percurso; e que é preciso dar a volta por cima e sacudir a poeira depois. Sua humildade e seu discernimento eram um regalo. Como quis me parecer com ele, desfrutar sua frugalidade e sua moderação! Graças a meu pai, embora eu tenha crescido numa terra atormentada desde a noite dos tempos, recusava-me a considerar o mundo como uma arena. Sabia perfeitamente que guerras se sucediam a guerras, represálias a represálias, mas não queria de modo algum abona-las. Não acreditava nas profecias de discórdia eterna nem conseguia entender que Deus pudesse incitar seus filhos a se levantarem uns contra os outros e fazer do exercício da fé uma absurda e terrível questão de relação de forças. Desde então, fugi como o diabo da cruz daqueles que reclamavam uma só gota de meu sangue na intenção de purificar minha alma. Não queria acreditar nem no vale de lágrimas nem naquele das trevas — havia outros sítios mais sedutores e menos irracionais à nossa volta. Meu pai me dizia: "Quem te disser que existe sinfonia maior que o sopro que te anima está mentindo. Quer tirar o que possuis de mais belo: a sorte de aproveitar cada instante da vida. Se partes do princípio de que teu pior inimigo é aquele que tenta semear o ódio no teu coração, já terás conhecido a metade da felicidade do mundo. O resto, basta estender a mão para colhê-la. E lembra-te disso: não há nada, *absolutamente nada*, que valha mais que a tua vida... E tua vida não vale mais que a vida dos outros".

Não esqueci.

Disso fiz minha principal divisa, convencido de que os homens atingiriam enfim a maturidade quando tivessem aderido a essa lógica.

Minhas pequenas escaramuças com Naveed me devolveram ao prumo. Se não me restituíram a completa lucidez, permitiram-me ao menos olhar dentro de mim com mais distância. A cólera permanece ali, mas não se retorce mais em minhas vísceras tal um corpo estranho à espreita de um reflexo nauseante para pô-las para fora. Às vezes, sento no terraço, contemplando o movimento dos carros e neles descobrindo algum atrativo. Kim não vigia mais sua linguagem com a mesma prudência excessiva de três dias atrás. Improvisa suas graças para me arrancar sorrisos e, quando ela vai para o hospital pela manhã, não me contento mais em me trancafiar no quarto até sua volta. Aprendi a sair, a passear pelas ruas. Vou aos bares, fumar meus cigarros, ou então caminho até uma praça, ocupo um banco vazio e observo a meninada correndo sob o sol. Ainda não consigo me aproximar de um jornal; contudo, quando me surpreende, ao sabor de meus passeios, uma rádio divulgando informações, não me apresso mais em mudar de calçada.

Ezra Benhaïm veio me visitar na casa de Kim. Não falamos nem da minha hipotética volta ao trabalho nem de Ilan Ros. Ezra quer saber como estou, se vou me recompondo. Levou-me a um restaurante para me provar que não se incomoda nadinha em aparecer em público na minha companhia. Era patético, mas sincero. Fui eu quem insistiu para pagar a conta. Depois do jantar, Kim estava de plantão, fomos a um bar encher a cara como dois jovens deuses desopilando o fígado depois de terem esgotado todos os seus anátemas.

— Preciso ir a Belém.

O tilintar da louça vindo da cozinha silencia. Kim leva alguns segundos antes de mostrar a cabeça na porta. Uma sobrancelha mais baixa que a outra, ela me olha de cima a baixo.

Apago meu cigarro no cinzeiro e me preparo para acender outro.

Kim enxuga as mãos em um pano de prato preso na parede e vem a meu encontro na sala.

— Está brincando?

— Pareço brincar, Kim?

Ela acusa um ligeiro sobressalto.

— Só pode estar brincando. O que vai fazer em Belém?

— Foi de lá que Sihem postou a carta.

— E daí?

— Daí que eu quero saber o que ela fazia em Belém enquanto eu achava que estava na casa da avó, em Kafr Kanna.

Kim deixa-se cair na cadeira de vime à minha frente, exausta com minhas tiradas imprevisíveis. Respira profundamente, como para recalcar seu mau grado, tritura os lábios em busca de palavras, não encontra e segura a testa com as mãos.

— Você está endoidando, Amin. Ignoro o que se passa na tua cabeça, mas agora acho que está exagerando. Não tem nada a fazer, nem a ver, em Belém.

— Tenho uma irmã de criação lá. Com certeza, foi para a casa dela que Sihem se retirou para cumprir sua missão insensata. O selo do correio está datado da sexta-feira 27, quer dizer, um dia antes do drama. Quero saber quem doutrinou minha mulher, quem a encheu de explosivos e a enviou à guerra. Não vou cruzar os braços assim fácil nem virar uma página que ainda não engoli.

Kim só falta arrancar os cabelos.

— Você percebe o que está dizendo? Lembro a você que se trata de terroristas. Essa gente não brinca. Você é médico, não tira. Deve confiar essa tarefa à polícia, que tem os meios apropriados e o pessoal qualificado para levar adiante esse tipo de investigação. Se quer saber o que houve com tua mulher, vá procurar Naveed e fale a ele sobre a carta.

— É um assunto pessoal...

— Tolice! Dezessete pessoas foram mortas e dezenas de outras, feridas. Pessoal coisa nenhuma! Foi um atentado suicida e tratar disso compete exclusivamente aos serviços treinados do Estado. Em minha opinião, está perdendo o norte, Amin. Se quer realmente ser útil, entregue a carta a Naveed. Talvez seja o começo da pista que a polícia espera para lançar a máquina.

— Nem pensar. Não quero que ninguém se meta nos meus assuntos. Quero ir a Belém, e pronto. Não preciso de ninguém. Tem gente que eu conheço ali. Vou terminar provocando indiscrições e forçar alguns a abrir o jogo.

— E depois...?

— Depois o quê?

— Admitamos que consiga fazer algumas pessoas falar; e daí, qual a seqüência prevista do programa? Vai puxar a orelha deles ou pedir ressarcimento por danos e perdas? Não está falando sério, Amin, não pode ser. Sihem tinha certamente atrás de si uma rede, uma logística inteira e todo o percurso traçado. Ninguém explode em praça pública num capricho irrefletido. É o término de uma longa lavagem cerebral, de uma minuciosa preparação psicológica e material. Enormes medidas de precaução são tomadas antes de passar ao ato. Os mandantes precisam proteger suas bases, confundir as pistas. Só escolhem seus kamikazes uma vez absolutamente seguros de sua determinação e de sua confiabilidade. Agora, imagine desembarcar em suas plataformas e fuçar em volta de seus pontos clandestinos. Acha que vão esperar com a maior gentileza que você chegue até eles? Acertarão as contas tão rápido que você não vai nem mesmo ter tempo de perceber a imbecilidade da iniciativa. Juro que me dá pavor só imaginar você rondando em volta desse vespeiro.

Ela pega minhas mãos, reavivando a dor em meu punho.

— Não é uma boa idéia, Amin.

— Pode ser que não, mas só penso nisso desde que li aquela carta.

— Entendo, mas esse tipo de coisa não é para você.

— Não perca seu tempo, Kim. Sabe como sou teimoso.

Ela levanta os braços para acalmar o jogo.

— O.k.... Deixemos a discussão para esta noite. Daqui até lá, espero que recobre um pouco de sobriedade.

À noite, ela me convida a um restaurante na praia. Jantamos no terraço, o rosto salpicado pela brisa. O mar está espesso; seu rumor tem algo de sentencioso. Kim adivinha que não me fará mudar de idéia. Belisca em seu prato como um passarinho fatigado.

O lugar é agradável. Dirigido por um imigrante francês, propõe um ambiente despojado, com vidraças grandes como horizontes, cadeiras de couro cor de vinho em capitonê e mesas cobertas com toalhas bordadas. Uma vela imponente consuma-se doutamente em uma taça cristalina. Não tem muita gente, mas os casais que ali estão parecem ser freqüentadores da casa. Seus gestos são refinados e suas conversas, silenciosas. O gerente é um homenzinho franzino e ágil, bem-vestido, e de uma cortesia extraordinária. Foi ele mesmo quem nos aconselhou a entrada e o vinho. Kim devia ter uma idéia oculta quando me convidou a esse restaurante. Agora, parece tê-la perdido de vista.

— Parece que você se diverte em brincar com minha taxa de glicemia — suspira, deixando cair seu guardanapo como quem joga a toalha.

— Ponha-se no meu lugar, Kim. Não é só o gesto de Sihem. Sou eu também. Se minha mulher caminhou desse jeito à morte, isso é a prova de que eu não soube fazê-la preferir a vida. Devo certamente ter minha parte de responsabilidade.

Ela tenta protestar; levanto uma mão para pedir que não me interrompa.

— Essa é a verdade, Kim. Não há fumaça sem fogo. Ela errou, concordo, mas condená-la não dará alívio à minha consciência.

— Você não tem nada a ver com isso.

— Tenho, sim. Eu era seu marido. Meu dever era velar por ela, protegê-la. Tentou chamar minha atenção, com certeza, me mostrar a areia movediça que ameaçava engoli-la. Ponho a mão no fogo como tentou me fazer um sinal. Onde eu estava com a cabeça, meu Deus!, quando ela tentava sair disso tudo?

— Ela tentou realmente?

— E como não tentaria? Não se caminha à própria perda como quem vai ao baile. Inevitavelmente, no momento exato em que se prepara para dar o passo derradeiro, a dúvida se instala. E é esse instante que eu não soube perceber. Sihem certamente desejou que eu a liberasse dela mesma. Mas eu tinha a cabeça em outro lugar, e isso não me perdoarei nunca.

Apresso-me em acender um cigarro.

— Não me alegra nada deixar você angustiada — digo depois de um longo silêncio. — Perdi o gosto pelas brincadeiras. Desde essa maldita carta, só faço pensar nesse aviso que não pude decodificar a tempo e que, ainda hoje, se recusa a me revelar seus segredos. Quero encontrá-lo, entende? Preciso. Não tenho escolha. Desde que chegou essa carta, só faço remexer nas lembranças para tentar encontrar esse maldito aviso. Dormindo ou acordado, só penso nisso. Passei em revista os momentos mais fortes, as palavras menos claras, os gestos mais vagos; nada. E esse branco está me enlouquecendo. Não pode saber como me tortura, Kim. Não agüento mais correr atrás desse segredo e ao mesmo tempo suportá-lo sofrendo...

Kim não sabe o que fazer com suas pequenas mãos.

— Ela talvez não precisasse indicar nenhum sinal a você.

— Não é possível, Kim. Ela me amava. Não podia me ignorar desse modo, sem me avisar de algo.

— Não dependia dela. Não era mais a mesma mulher, Amin. Não tinha direito a nenhum erro. Inteirar você do segredo seria ofender os deuses e comprometer sua militância. É como em uma seita. Nada deve filtrar para fora dali. A salvação da confraria repousa sobre esse imperativo.

— Sim, mas se trata de morte, Kim. Sihem devia morrer. Estava consciente do que isso significava para ela, e do que significava para mim. Era digna demais para fingir estar a meu lado e me abandonar desse jeito. Ela me deu algum aviso, eu tenho certeza, não pode haver dúvida sobre isso.

— Teria mudado algo?

— Quem sabe?

Aspiro várias vezes meu cigarro, como para impedir que se apague. Uma pedra se instala em minha garganta quando deixo escapar:

— Estou infeliz como nunca. Mais é impossível.

Kim vacila, mas se contém.

Apago o resto do cigarro no cinzeiro.

— Meu pai me dizia: *Guarde tuas dores contigo, são tudo o que te resta quando tiveres perdido tudo o mais...*

— Amin, por favor.

Não a ouço e continuo:

— Não é fácil assim, para um homem ainda sob o choque — e que choque! —, saber exatamente onde termina o luto e onde começa a viuvez, mas há fronteiras que é preciso vencer quando se quer caminhar adiante. Onde? Ignoro-o; o que sei é que não posso continuar aqui sentado lamentando minha sorte.

Por minha vez, e para meu grande espanto, tomo suas mãos, envolvo-as nas minhas. Tenho a impressão de segurar dois pardais frágeis recolhidos no côncavo da minha palma. Meu aperto é tão cuidadoso que os ombros de Kim se contraem; seus olhos cintilam com uma lágrima pudica que ela tenta dissimular atrás de um sorriso que nunca vi em nenhuma mulher desde que aprendi a me aproximar delas.

— Vou tomar muito cuidado, prometo. Não tenho a intenção de me vingar nem de desmantelar a rede. Quero só entender como a mulher da minha vida me excluiu da sua, como aquela que eu amava loucamente foi mais sensível às prédicas de um estranho que a meus poemas.

A lágrima de meu anjo da guarda escapa dos cílios que a obstruíam e rola de uma vez sobre sua face. Surpresa e confusa, Kim tenta enxugá-la; meu dedo adianta-se e recolhe a lágrima no momento em que atinge o canto de sua boca.

— Você é maravilhosa, Kim.

— Eu sei — diz ela, antes de soltar uma risada próxima de um soluço.

Pego de novo suas mãos e aperto-as bem forte.

— Não preciso dizer que sem você eu não teria agüentado o golpe.

— Não esta noite, Amin... Talvez um outro dia.

Seus lábios tremem num sorriso triste. Seus olhos escoram-se contra os meus para se desfazerem da emoção que tumultua seu esplendor. Olho-a profundamente sem me dar conta de que estou lhe retorcendo os dedos.

— Obrigado — digo-lhe.

# 9

Kim insistiu para me acompanhar a Belém. Foi a condição que impôs para consentir com os riscos flagrantes que eu enfrentaria. Queria estar do meu lado. Nem que fosse para me servir de motorista, acrescentou. Meu punho não está totalmente recuperado do traumatismo e ainda sinto dores quando pego uma sacola ou num volante.

Tentei dissuadi-la; mostrou-se intratável.

Propôs que nos alojássemos, primeiro, na casinha que seu irmão Benjamin comprara em Jerusalém; depois, uma vez lá chegados, decidiríamos a marcha a seguir conforme o rumo das coisas. Eu queria partir imediatamente. Ela rogou que a deixasse operar um paciente antes de ter com Ezra Benhaïm e lhe pedir uma semana de licença. Ezra tentou compreender os motivos dessa partida precipitada. Kim disse a ele que precisava descansar. Ezra não insistiu.

No dia seguinte à cirurgia, enfiamos nossas bagagens no porta-malas do Nissan, passamos na minha casa para pegar alguns objetos pessoais e também umas fotos recentes de Sihem e rumamos para Jerusalém.

Paramos só uma vez para comer em uma baiúca à beira da estrada. O dia está bonito, e a densidade do trânsito lembra o rush estival.

Atravessamos Jerusalém como num sonho acordado. Era uma cidade que eu perdera de vista havia uns doze anos. Sua animação desenfreada e suas barracas lotadas de gente ressuscitam em mim lembranças que eu pensara ter refugado. Imagens reluzem em meu espírito, de uma nitidez dilacerante, e voltam agora a girar no meio dos odores da velha cidade. Foi nessa cidade milenar que vi minha mãe pela última vez. Viera rezar à cabeceira de seu irmão moribundo. O enterro tinha reunido a família inteira; alguns acorriam de países tão longínquos que os mais velhos os confundiam com os limbos. Minha mãe não sobreviveu muito tempo à perda desse irmão que ela considerava como sua verdadeira razão de existir — meu pai fora um marido negligente e, eu, um filho exilado, por causa da residência e de minhas prolongadas peregrinações.

"Um filho que lhe foi confiscado", então.

A casa de Benjamin fica na periferia da cidade judia, no meio de outras construções baixas de paredes queimadas pelo sol. Parece virar as costas à cidade mística para se focalizar sobre os pomares que se estendem sobre as colinas rochosas. O lugar é discreto, retirado do mundo e de suas confusões, apenas afligido pelo chilrear de crianças as quais, contudo, não são vistas em lugar nenhum. Kim encontra as chaves da casa debaixo do terceiro vaso na entrada do pátio, como indicado por seu irmão, que ficou em Tel-Aviv. A casa é pequena e baixa, com uma varanda aberta sobre um patiozinho sombreado que uma treliça avarenta encobre ciumentamente. Uma fonte esculpida em uma cabeça de leão de bronze alteia um cano devorado pelas sarças, ao lado de um banco de ferro fundido desajeitadamente sarapintado de verde. Kim me reserva um quarto adjacente a um escritório lotado de livros e manuscritos. Tem uma cama de mola coberta por um colchão de espessura não muito promissora, uma mesa de compensado e um tamborete. Um tapete gasto até a trama esforça-se para camuflar as rachaduras de um piso antediluviano. Jogo minha mala sobre a cama e espero que Kim saia do banheiro para lhe comunicar minhas intenções.

— Descanse, primeiro.

— Não estou cansado. Meio-dia, agora; a esta hora encontro alguém na minha irmã. Não precisa se incomodar; eu pego um táxi.

— Preciso ir com você.

— Kim, por favor. Se tiver problemas, eu ligo para o celular e digo onde deve me pegar. Mas não acho que eu vá ter nenhum problema, por hoje. Estou indo visitar meus parentes e tatear o terreno.

Kim resmunga antes de me liberar.

Belém mudou muito desde minha última passagem por ali, mais de uma década antes. Engrossada pelas filas de refugiados que desertaram de suas terras transformadas em campos de tiro, ela ostenta agora novos pardieiros, levantados com blocos nus, apertados uns contra os outros como barricadas — a maioria ainda no estágio de acabamento, recobertos de folhas de ferro ou guarnecidos de ferragens, com janelas rudes e portões grotescos. Parece um imenso campo de refugiados onde foram se encontrar todos os condenados da Terra, para obrigar a uma absolvição que não quer revelar seus códigos.

Apoiados em suas bengalas, a cabeça cingida de *keffiehs* e o casaco aberto sobre coletes descorados, velhos famélicos dormitam na porta das casas, uns sentados em tamboretes, outros num degrau; parecem só ter ouvidos para suas lembranças, o olhar distante, inexpugnáveis em seu mutismo, nem um pouco incomodados pela algazarra vívida dos garotos brincando à sua volta.

Preciso perguntar pelo caminho várias vezes antes que um moleque me conduza à frente de uma grande casa de muros decrépitos. Ele espera educadamente que eu lhe enfie uma moeda na mão para correr dali. Bato numa velha porta de madeira carcomida, apuro o ouvido. Um bater de tamancos no chão, depois uma aldrava que cai e uma mulher com o rosto decomposto abre a porta para mim. Levo uma eternidade para reconhecê-la; é Leila, minha irmã de criação. Tem pouco mais de quarenta e cinco anos, mas se diria ter uns sessenta. Seus cabelos branquearam, seus traços enfearam; parece uma moribunda.

Ela me olha de alto a baixo, o ar ausente.

— Sou eu, Amin — digo.

— Meu Deus! — sobressalta-se, parecendo subitamente lúcida.

Jogamo-nos um nos braços do outro. Apertando-a contra mim, sinto-os, um a um, seus soluços que sobem do peito e se propagam em uma série de vibrações através de seu corpo frágil. Recua para me contemplar, o rosto inundado de lágrimas, recita um versículo corânico em sinal de gratidão e encosta de novo a cabeça em meus ombros.

— Venha — diz. — Chegou bem na hora de dividir o almoço comigo.

— Obrigado, Leila, não estou com fome. Está sozinha?

— Estou. Yasser não chega antes do anoitecer.

— E os meninos?

— Ah, cresceram, sabe? As meninas casaram-se, e Adel e Mahmud já voam com as próprias asas.

Faz-se silêncio, e depois Leila baixa a cabeça.

— Deve ser difícil — faz com uma voz sem cor.

— É a pior coisa que pode acontecer a um homem, confesso...

— Imagino... Penso muito em você desde o atentado. Sei que é sensível e frágil e me perguntava como alguém suscetível como você ia poder sobreviver a uma tal... uma tal...

— Catástrofe — ajudo-a. — Pois é isso mesmo, e não das pequenas. Vim aqui, justamente, para ver se consigo entender um pouco mais. Eu não sabia das intenções de Sihem. Para ser franco, nem suspeitava. E seu desaparecimento trágico literalmente me cortou em pedaços.

— Não quer sentar-se?

— Não... Diga, como ela estava antes de passar à ação?

— Como assim?...

— Estava como? Parecia consciente do que ia fazer? Parecia alguém normal ou havia nela algo de estranho?

— Eu não a vi.

— Ela estava em Belém na sexta-feira 27, na véspera do atentado.

— Eu sei, mas ela não ficou aqui por muito tempo. Eu estava na casa da minha filha mais velha para a circuncisão do seu filho, e soube da notícia do atentado no ônibus que me trazia para casa...

Súbito, leva a mão à boca como quem quer se impedir de dizer mais alguma coisa.

— Meu Deus! O que estou dizendo?

Levanta para mim uns olhos amedrontados.

— Por que veio a Belém?

— Já disse.

Segura a testa com o polegar e o indicador, cambaleia. Pego-a pela cintura para evitar que caia e ajudo-a a sentar-se num banco com almofadas atrás dela.

— Amin, meu irmão, acho que não estou autorizada a falar dessa história. Juro que ignoro do que se trata exatamente. Se Yasser souber que não segurei a língua, ele vai cortá-la. Fiquei surpresa vendo você aqui e deixei escapar histórias que não me pertencem. Você me entende, Amin?

— Vou fazer que não ouvi. Mas preciso saber o que minha mulher tramava pelas redondezas, para quem trabalhava...

— Foi a polícia que mandou você aqui?

— Lembro a você, Leila, que Sihem era minha esposa.

Leila está toda encolhida. Despreza-se terrivelmente.

— Eu não estava em casa, Amin. É a pura verdade. Pode verificar. Eu estava na casa da minha filha mais velha circuncidando seu filho. Tinha as tias lá e as primas e os parentes que você deve conhecer. Na sexta-feira, eu não estava em casa.

Vendo-a tomada de pânico, apresso-me a confortá-la.

— Não há nenhum perigo, Leila. Sou só eu, teu irmão; não tenho armas nem algemas. Eu me odiaria se fizesse algum mal a você, e você sabe muito bem disso. Também não estou aqui para trazer aborrecimentos, para você e a tua família... Onde posso encontrar Yasser? Prefiro que seja ele a me esclarecer a história.

Leila suplica que eu não conte nossa conversa a seu marido. Eu prometo. Ela me dá o endereço da fabriqueta de azeite onde Yasser trabalha e me acompanha até a rua para me ver indo embora.

Procuro um táxi na praça, não vejo nenhum. Ao cabo de uma meia hora, quando já me preparava para telefonar a Kim, um táxi clandestino me propõe a corrida, para onde eu quiser, por alguns *shekels*. É um jovem mais ou menos forte, troncudo, de olhos risonhos e com uma barbichinha fantasiosa. Ele me abre a porta com uma obsequiosidade teatral e praticamente me empurra para dentro de seu carro velho de bancos imundos.

Contornamos a praça, tomamos por uma estrada esburacada e deixamos o grande povoado. Depois de umas curvas sinuosas no meio de um trânsito desenfreado, conseguimos nos enfiar pelos campos e encontrar uma pista no alto.

— Não é do pedaço? — pergunta-me o motorista.

— Não.

— Visitando os parentes ou a trabalho?

— Os dois.

— Vem de longe?

— Não sei.

O motorista balança a cabeça.

— Tu não é do tipo de muita conversa — diz ele.

— Hoje não.

— Tô vendo.

Rodamos alguns quilômetros na pista poeirenta sem encontrar alma viva. O sol bate com toda a força nas colinas pedregulhentas que parecem se esconder umas atrás das outras para nos espiar.

— Eu não funciono bem com um esparadrapo na boca — diz de novo o motorista. — Se não papeio um pouco, termino explodindo.

Calo-me.

Arranha a garganta e continua:

— Nunca vi mãos tão limpas e cuidadas como as tuas. Não é médico, por acaso? Só os médicos para terem mãos tão impecáveis.

Volto-me para os pomares que se estendem a perder de vista.

Incomodado com meu silêncio, o motorista solta um suspiro fundo e depois, remexendo no porta-luvas, tira uma fita que desliza imediatamente no aparelho.

— Escute isso, amigão — exclama. — Quem nunca ouviu xeque Marwan pregar só viveu a vida pela metade.

Gira um botão para aumentar o volume. Uma algazarra domina o carro, pontuada por gritos extáticos e ovações. Alguém — provavelmente o orador — bate com o dedo no microfone para acalmar o clamor. O barulho diminui, persiste ainda um pouco, e depois um silêncio atento acolhe a voz límpida do imã Marwan.

— Há maior esplendor que o rosto do Senhor, meus irmãos? Há neste mundo volúvel e inconsistente outros esplendores suscetíveis de nos fazer desviar o rosto de Alá? Digam-me, então, quais? O falso brilho ilusório que atiça os simples de espírito e os miseráveis? Os espelhos mágicos? As miragens que ocultam a armadilha das perdições e entregam os alucinados a insolações mortais? Digam-me: quais, meus irmãos?... E no dia final, quando a terra não for mais que pó, quando só restará de nossas ilusões a ruína de nossas almas, que teremos a responder quando nos for perguntado o que fizemos de nossa existência? Que teremos a dizer quando nos for perguntado, a nós todos, grandes e pequenos: *O que fez da tua vida, que fez de teus profetas e de minhas bondades, que fez da salvação que vos confiei, a vós todos?...* E nesse dia, meus irmãos, vossas fortunas, vossas relações, vossos aliados, vossos partidários não vos servirão para nada. (Um clamor se levanta, logo dominado pela voz do xeque.) Na verdade, meus irmãos, a riqueza de um homem não é o que ele possui, mas o que deixa atrás de si. E o que possuímos nós, meus irmãos? O que vamos deixar atrás de nós?... Uma pátria?... Qual? Uma história?... Qual? Monumentos?... Onde estão eles? Por vossos antepassados, mostrem-mo... Todos os dias, somos jogados na lama, quando não atirados diante dos tribunais. Todos os dias, tanques caminham sobre nossos pés, derrubam nossas carroças, avançam sobre nossas casas e atiram sem aviso sobre nossos filhos. Todos os dias, o mundo inteiro assiste a nosso infortúnio...

Meu braço se solta e meu polegar esmaga a tecla eject do aparelho, fazendo pular a fita. O motorista está estupefato com meu gesto. Os olhos arregalados e a boca aberta, ele grita:

— O que está fazendo?

— Não gosto de sermões.

— O quê? — ele sufoca de indignação. — Não crê em Deus?

— Não creio nesses santos.

A freada que ele dá é tamanha que, as rodas tendo travado, o carro patina ao longo de uma dezena de metros antes de parar atravessado na rua.

— De onde tu vem? — grunhe o motorista, lívido de raiva. — Como ousa pôr a mão sobre xeque Marwan?

— Tenho o direito...

— Não tem direito nenhum, ei! Tá no *meu* carro. E nem aqui dentro nem lá fora eu vou tolerar que um safado nojento ponha a pata suja em xeque Marwan... Pode descer do meu táxi e desaparecer da minha vista.

— Ainda não chegamos.

— Para mim, sim. Ponto final! Te arranca daí ou eu arranco tua bunda com as mãos.

Dito isso, solta um palavrão, pendura-se na minha porta, abre-a estrebuchando e vai me empurrando para fora.

— E não quero te encontrar por aí, seu filho-da-mãe — ameaça-me ele.

Fecha a porta numa batida impertinente, manobra grosseiramente para dar meia-volta e corre a Belém num barulho dissonante.

Em pé no meio da pista, olho-o afastando-se, boquiaberto.

Tomo lugar numa pedra e espero que passe outro carro. Não vendo nada chegar, levanto-me e continuo a pé até que um carroceiro me pegue alguns marcos adiante.

Yasser vacila descobrindo-me na porta do moinho onde dois adolescentes trabalham em volta de uma prensa vigiando os grossos filetes de óleo de oliva que caem como cascata na cuba.

— Essa agora! — faz ele entre dois abraços fortes. — Nosso cirurgião, em carne e osso. Por que não avisou que vinha? Mandava alguém ir te buscar.

Seu entusiasmo é embaraçado demais para ser crível.

Consulta seu relógio, volta-se para os adolescentes e grita que vai precisar se ausentar e que conta com eles para terminar o trabalho. Toma-me em seguida pelo braço e me empurra para uma velha caminhonete estacionada debaixo de uma árvore, ao pé do outeiro.

— Vamos pra casa. Leila vai ficar contente de ver você... A menos que já a tenha visto.

— Yasser, não vamos dar muitas voltas. Não tenho tempo nem vontade. Vim com uma finalidade precisa — digo bruscamente, com a esperança de acuá-lo. — Sei que Sihem estava na tua casa, em Belém, na véspera do atentado.

— Quem disse? — ele se afoba, lançando olhares aterrorizados na direção do moinho.

Minto, puxando a carta do bolso da minha camisa.

— Sihem me disse naquele dia.

Um espasmo principia na altura da maçã do seu rosto. Engole seco antes de balbuciar:

— Ela não ficou muito tempo. Foi só uma passada rápida para nos ver. Leila estava na casa de nossa filha, em En Kerem, e ela nem quis tomar uma xícara de chá. Foi embora uns quinze minutos depois que chegou. Não estava em Belém por nossa causa. Nessa sexta-feira, xeque Marwan era esperado na Grande Mesquita. Tua mulher queria que ele a benzesse. Foi só depois, quando vi a foto no jornal, que eu entendi.

Toma-me pelos ombros à maneira dos combatentes e me confia:

— Estamos muito orgulhosos dela.

Sei que disse isso para me agradar, ou talvez para me amansar. Yasser não sabe manter sangue-frio; qualquer imprevisto o desestabiliza.

— Orgulhosos de a terem mandado pro ferro-velho?

— Pro ferro-velho?... — sobressalta-se ele, como sob o efeito de uma calúnia.

— Ou pro carvão, se prefere...

— Não gosto dessas expressões.

— Está bem, vou reformular minha pergunta: que orgulho se pode ter quando alguém morre para que outros vivam livres e felizes?

Ele levanta a mão à altura do peito para me pedir que baixe o tom por causa dos dois adolescentes próximos, me faz sinal para que o siga atrás da caminhonete. Seu andar é febril; não pára de tropeçar.

Eu o assedio:

— E depois, por quê?

— Por que o quê?

Seu medo, sua miséria, suas roupas imundas, seu rosto mal barbeado e seus olhos remelentos me enchem de uma cólera brutal, crescente. Meu corpo vibra da cabeça aos pés.

— Por quê? — falo entredentes, incomodado com minhas próprias palavras. — Por que sacrificar alguém pela felicidade dos outros? Em geral, são os melhores, os mais corajosos que escolhem doar a vida para salvar aqueles que se escondem em seu buraco. Então, por que privilegiar o sacrifício dos justos para permitir aos menos justos que sobrevivam a eles? Não acha que é degradar a espécie humana? O que vai sobrar, em algumas gerações, se são sempre os melhores os chamados a ir-se enquanto os poltrões, os hipócritas, os charlatães e os safados continuam a proliferar como ratos?

— Amin, não estou te acompanhando. As coisas sempre foram assim desde a noite dos tempos. Uns morrem pela salvação dos outros. Não acredita na salvação dos outros?

— Não quando condena a minha. Vocês jogaram minha vida fora, destruíram meu lar, estragaram minha carreira e reduziram a pó tudo o que eu construí, pedra por pedra, com o suor do meu rosto. Do dia para a noite, meus sonhos se desmancharam como um castelo de cartas. Tudo o que estava ao alcance de minha mão evaporou-se. Pffut! Só vento... Eu perdi *tudo* por *nada*. Pensaram no meu sofrimento quando pulavam de contentamento, quando souberam que o ser que eu mais queria no mundo se fez explodir num restaurante tão repleto de crianças quanto ela de dinamite? E você quer me fazer acreditar que eu devo me considerar o mais feliz dos homens porque minha esposa é uma heroína, que doou sua vida, seu conforto, meu amor, sem nem mesmo me consultar nem me preparar para o pior? E *eu*, eu tinha cara de quê quando me recusava a admitir o que todo mundo sabia? De um cornudo! Parecia um miserável cornudo. Cobria-me de ridículo até a ponta das unhas, eis o que eu era. Tinha a cara de quem é enganado loucamente pela mulher enquanto se acaba para lhe fazer a vida o mais agradável possível.

— Acho que errou de interlocutor, Amin. Não tenho nada a ver com essa história. Não sabia das intenções de Sihem. Estava a mil léguas de acreditá-la capaz duma iniciativa dessas.

— Não me disse que estava orgulhoso dela?

— O que queria que eu dissesse? Não sabia que você não estava informado.

— Acha que eu a teria encorajado a se oferecer em espetáculo desse modo se tivesse percebido a mais ínfima luz de suas intenções?

— Estou de fato confuso, Amin. Perdoe-me se eu... se eu... enfim, não entendo mais nada. Eu... não sei o que dizer.

— Então cale a boca. Assim ao menos não corre o risco de dizer besteira.

# 10

Yasser me dá dó. Desamparado, o pescoço enfiado debaixo do colarinho puído, como à espera de que o céu lhe desabe sobre a cabeça, finge concentrar-se no movimento da rua para não precisar enfrentar meu olhar. Estou evidentemente dando um passo errado. Yasser não é o tipo de homem com quem se possa contar nas horas de apuro — menos ainda a quem se associar nos preparativos para uma matança. Tem mais de sessenta anos e não passa de um trapo velho de olhos roídos e boca enrugada, capaz de me escapar entre os dedos num piscar de olhos.

Se diz não saber de nada, é porque não sabe mesmo. Yasser jamais se arrisca. Não me lembro de algum dia tê-lo ouvido reclamar nem de vê-lo chegar às vias de fato com quem quer que seja. Muito pelo contrário, está sempre mais pronto a se recolher dentro da concha esperando que a coisa amaine que a deixar transparecer qualquer sinal de protesto. Seu medo imaginário da polícia e sua submissão cega à autoridade do Estado reduziram-no à mais simples expressão da sobrevivência — suar duro para ganhar o que comer no mês e considerar cada bocada do pão que engole como uma vitória brandida às barbas da má sorte. Vendo-o encolhido no volante, com seu pescoço quadrado e sua timidez, já se sentindo culpado por se pôr em meu caminho, percebo plenamente o caráter insensato e vão da minha busca. Mas, como apagar essa brasa que me devora as vísceras? Como me olhar no espelho sem precisar esconder o rosto, com meu amor-próprio em frangalhos e essa dúvida que, apesar dos fatos, não faz caso de meu pesar? Desde que o capitão Moshé me entregou a mim mesmo, é impossível fechar os olhos sem deparar com o sorriso de Sihem. Ela era tão carinhosa, tão cuidadosa e parecia beber na fonte dos meus lábios quando, o braço em sua cintura, em pé em nosso jardim, eu lhe contava dos belos dias que nos esperavam, dos grandes projetos que eu arquitetava para ela. Ainda sinto seus dedos apertando os meus com uma paixão e uma convicção tamanhas que me pareciam indefectíveis. Acreditava, firme como o aço, que o amanhã seria um novo dia, e punha todo o seu coração a trabalhar a cada vez que o meu perdia o fôlego. Éramos tão felizes, tão confiantes um no outro. Qual sortilégio fez desmoronar o mausoléu que eu construíra à sua volta, tal um castelo de areia sob as ondas? Como continuar a crer em qualquer coisa, quando apostei todas as minhas certezas numa promessa tradicionalmente tão sagrada e que se mostrou tão pouco confiável quanto as juras de um mentiroso? Eu não tinha resposta e por isso vim a Belém, provocar o diabo; era eu o suicida dessa vez, porque inconsolável e nu.

Yasser me avisa que precisa deixar a caminhonete em uma garagem, porque a ruela onde mora é inacessível aos carros.

Está aliviado por encontrar enfim o que dizer, sem correr o risco de falar algo de inconveniente. Digolhe que estacione a perua onde bem entender. Ele acede sem dizer uma palavra e lança-se por uma artéria fervilhando de gente, como quem se libera de um peso insustentável. Atravessamos um bairro caótico antes de desembocar em uma esplanada poeirenta onde um vendedor de espetinhos cuida de manter as moscas afastadas dos pedaços de carne. A tal garagem fica na esquina de um beco estreito, defronte a um terreno baldio lotado de caixotes e cacarecos velhos. Yasser dá duas buzinadas, mas foi preciso esperar alguns longos minutos antes de ouvir as trancas se abrindo. Um portão alto de um azul aflitivo desliza com um rangido. Yasser manobra para orientar a frente da caminhonete a uma espécie de pátio e esgueira-se com habilidade entre a carcaça de um pequeno guindaste e um 4X4 destruído. Um vigia decomposto e amarelado cumprimenta-nos com uma mão preguiçosa, fecha o portão e volta a suas ocupações.

— Era um depósito sem uso, antes — me informa Yasser para mudar de assunto. — Adel, meu filho, comprou-o por um nada. Queria investir numa oficina mecânica. Mas o nosso povo sabe se virar tão bem e é tão pouco cuidadoso com a manutenção de seus carros velhos que a falência não demorou a minar o projeto. Adel perdeu muito dinheiro nesse negócio. Enquanto não chega uma oportunidade melhor, transformou o depósito em estacionamento para os moradores da redondeza.

Uma meia dúzia de carros aguarda impaciente por reparos aqui e ali.

Alguns estão fora de uso, sem rodas, os pára-brisas arrebentados. Minha atenção se volta para um carro de alta cilindrada encostado um pouco de lado, protegido do sol. É um Mercedes do modelo antigo, cor creme, meio recoberto por uma lona.

— É de Adel — diz-me orgulhosamente Yasser, que acompanhou meu olhar.

— Quando ele o comprou?

— Não lembro mais.

— Por que está aí encostado? É um carro de colecionador?

— Não, mas quando Adel não está, ninguém o tira daqui.

Na minha cabeça, ribombam vozes. A do capitão Moshé primeiro — *o motorista do ônibus de Tel-Aviv a Nazaré diz que sua mulher subiu num Mercedes de modelo antigo, de cor creme* —, e a de Naveed Ronnen, depois, que reverbera em cheio sobre a primeira: *meu sogro tem um igual.*

— E Adel, onde está?

— Sabe como são os especuladores. Um dia aqui, outro acolá, sempre atrás de um bom negócio.

O rosto de Yasser franze-se novamente.

Eu raramente recebia a visita de parentes em Tel-Aviv, mas Adel sempre ia nos ver. Jovem, dinâmico, queria vencer a todo custo. Não tinha ainda dezessete anos quando me propôs sociedade para montar um negócio no ramo da telefonia. Diante da minha reticência, um tempo mais tarde me submeteu um segundo projeto. Queria lançar-se na reciclagem de peças de reposição para automóveis. Tive a maior dificuldade do mundo para explicar a ele que eu era cirurgião, e que não tinha outra vocação além dessa. Nessa época, ia nos visitar todas as vezes que estava de passagem por Tel-Aviv. Era um rapazinho formidável e divertido que Sihem havia adotado sem restrições. Sonhava em abrir uma empresa em Beirute a partir da qual se lançaria à conquista do mercado árabe, em especial as monarquias do Golfo Pérsico. Mas eu não o via fazia mais de um ano.

— Quando Sihem esteve na tua casa, Adel estava junto com ela?

Yasser alisa nervosamente a aba do nariz.

— Não sei. Eu estava na mesquita para a prece da sexta-feira quando ela chegou. Só achou meu neto Issam, que tinha ficado tomando conta da casa.

— Você disse que ela não se demorou nem para uma xícara de café.

— Modo de falar.

— E Adel?

— Não sei.

— Issam sabe?

— Não perguntei.

— Issam conhecia minha mulher?

— Acho que sim.

— E desde quando? Sihem nunca pôs os pés em Belém e nem você, nem Leila, nem esse teu neto nunca foram à minha casa.

Yasser confunde-se; suas mãos se perdem em gestos indecisos.

— Vamos para casa, Amin. Vamos discutir isso tudo com a cabeça descansada, tomando um bom chá.

A coisa não melhorou em sua casa. Leila está acamada, e uma vizinha na cabeceira. Seu pulso está fraco. Sugiro que a levemos ao posto médico mais próximo. Yasser não quer e me explica que minha irmã de criação segue um tratamento; são os comprimidos que toma aos montes todos os dias, diz ele, que a põem nesse estado. Um pouco mais tarde, enquanto Leila dormia, digo a Yasser que quero de qualquer modo conversar com Issam.

— Está bem — faz, sem entusiasmo —, vou buscá-lo. Mora a dois quarteirões daqui.

Uns vinte minutos depois, Yasser está de volta, ladeado por um menino de tez cor de oliva.

— Está doente — avisa Yasser.

— Então não devia tê-lo trazido.

— Do jeito que vão as coisas... — resmunga, nervoso.

Issam não me esclarece muito. Aparentemente, o avô lhe fez decorar a lição inteira antes de apresentá-lo a mim. Acha que Sihem veio sozinha. Queria papel e uma caneta para escrever uma carta. Issam tirou uma folha de seu caderno. Quando Sihem terminou de escrever, estendeu o papel a ele e encarregou-o de pôr a carta no correio; e foi o que ele fez. Quando saía, Issam notou um homem na esquina. Não se lembra mais de sua fisionomia, mas não era ninguém do bairro. Na volta do correio, Sihem já tinha ido embora e o desconhecido, desaparecido.

— Você estava sozinho em casa?

— Estava. A vó tinha ido a En Kerem, na casa da minha tia. O avô estava na mesquita. E eu fazia minha lição e cuidava da casa.

— Você conhecia Sihem?

— Tinha visto umas fotos dela no álbum de Adel.

— Reconheceu-a imediatamente?

— Não, imediatamente não. Mas lembrei quando me disse quem era. Não queria ver ninguém em particular, tinha vindo só para escrever a carta antes de ir embora.

— Como ela estava?

— Bonita.

— Não é disso que estou falando. Parecia apressada ou algo assim?

Issam reflete.

— Parecia normal.

— E é tudo?

Issam consulta o avô com o olho; não acrescenta mais nenhuma palavra.

Volto-me vivamente para Yasser e ataco-o de chofre:

— Você disse que não a viu; Issam não diz mais nada do que já sabia; então, o que é que autoriza você a afirmar que minha mulher estava em Belém atrás da bênção do xeque Marwan?

— Qualquer fedelho desta cidade sabe disso — retruca. — Belém inteira sabe que Sihem passou por aqui na véspera do atentado. É quase um ícone da cidade agora. Uns até juram ter falado com ela e beijado seu rosto. São reações comuns, entre nós. Um mártir é a porta aberta a toda espécie de fábulas. Pode ser que os boatos exagerem, mas, segundo conta todo mundo, Sihem recebeu a bênção do xeque Marwan na sexta-feira.

— Encontraram-se na Grande Mesquita?

— Não durante a prece. Bem mais tarde, depois que todos os fiéis voltaram para casa.

— Entendo.

No dia seguinte, ainda bem cedo, chego à Grande Mesquita. Alguns acabam de se ajoelhar para as preces sobre os largos acolchoados que atapetam o chão; outros, cada qual em seu canto, lêem os alcorões. Descalço-me na porta do santuário e entro. Um velho se retrai incomodado quando lhe pergunto se há ali um responsável a quem me dirigir; considera uma afronta que o interrompam quando está rezando. Busco à minha volta alguém que possa me orientar.

— Pois não? — estala uma voz às minhas costas.

É um jovem de rosto emaciado, muito alto, os olhos profundos e um nariz adunco. Estendo a mão, que ele não aceita. Meu rosto não lhe diz nada que valesse a pena, e está intrigado com minha intrusão.

— Doutor Amin Jaafari.

— Sim?...

— Sou o doutor Amin Jaafari.

— Eu escutei. O que posso fazer pelo senhor?

— Meu nome não lhe diz nada?

Ele esboça um trejeito evasivo com os lábios:

— Não me recordo.

— Sou o esposo de Sihem Jaafari.

O fiel franze os olhos para refletir no que digo. Subitamente, sua testa se divide em várias rugas e sua cor passa ao cinza. Leva a mão ao coração e exclama:

— Meu Deus! Onde eu estava com a cabeça?

E confunde-se em desculpas.

— Sou imperdoável.

— Não tem importância.

Abre os braços para me apertar contra si.

— Irmão Amin, é uma honra e um privilégio conhecê-lo. Vou anunciá-lo imediatamente ao imã. Tenho certeza de que ficará encantado em recebê-lo.

Pede-me que espere na sala, apressa-se em direção ao *minbar*, levanta uma cortina que dá entrada a uma antecâmara subtraída à vista e desaparece. Os poucos crentes que liam encostados rentes às paredes consideram-me com curiosidade. Não escutaram meu nome, mas observaram como o fiel mudou bruscamente de atitude antes de correr a alertar seu mestre. Um barbudo repousa francamente seu alcorão para me olhar, tão à vontade que me deixa sem jeito.

Creio ver uma aba do tecido levantar-se e baixar novamente, mas ninguém aparece detrás do *minbar*. Cinco minutos depois volta o fiel, visivelmente constrangido.

— Sinto muitíssimo. O imã não está. Teve de sair e eu não notei.

Ele percebe que os outros crentes nos observam; com seu olhar negro, obriga-os a desviar a vista.

— Ele vai voltar para a prece?

— Claro... — depois, se recompondo, acrescenta: — não sei aonde foi. Pode ser que não volte tão já.

— Não tem importância, vou esperá-lo aqui.

O fiel dá uma olhadela desconcertada na direção do *minbar*, engolindo em seco:

— Não é certo que volte antes do cair da noite.

— Não tem problema. Vou esperar.

Sem ação, levanta os braços e retira-se.

Instalo-me como um faquir ao pé de uma coluna, tomo um livro de *hadiths* sobre os joelhos e abro-o ao acaso. O fiel reaparece, finge ocupar-se com um velho, dá voltas pelo salão, parecendo um animal selvagem encurralado numa jaula; depois, sai à rua.

Uma hora passa, depois uma segunda. Perto do meio-dia, três jovens, surgidos não sei de onde, aproximam-se e, depois dos salamaleques de costume, informam-me que minha presença na mesquita é inútil e me pedem que deixe o lugar.

— Quero ver o imã.

— Está doente. Sentiu-se mal pela manhã. Não voltará antes de alguns dias.

— Sou o doutor Amin Jaafari...

— Está bem — interrompe-me o mais baixo, um jovem de uns trinta anos de pomos salientes e a testa talhada. — Agora, volte para casa.

— Não antes de conversar com o imã.

— Nós avisaremos o senhor assim que ele estiver melhor.

—Sabem onde me encontrar?

— Em Belém, tudo se sabe.

Empurram-me educada, mas firmemente, para a saída, esperam pacientemente que eu calce meus sapatos e me escoltam em silêncio até a esquina.

Dois dos três homens ainda me seguem quando eu ganho o centro da cidade. Ostensivamente. Para mostrar que me mantêm sob vigilância e que não ganho nada em dar meia-volta.

É dia de mercado. A praça formiga de gente. Entro em um bar vagabundo, peço um café preto sem açúcar e, entrincheirado atrás de uma vidraça ungida de impressões digitais e de cocô de mosca, observo o *souk* em ebulição. Na sala abarrotada de mesas rústicas e de cadeiras rangentes, velhos entediam-se impacientes sob o olhar embaciado de um garçom entrincheirado atrás do seu balcão. A meu lado, um cinqüentão todo aprumado fuma seu narguilé. Mais longe, alguns jovens divertem-se ruidosamente com um dominó. Planto-me ali até a hora da prece. Assim que soa o chamado do muezim, decido voltar à Grande Mesquita, na esperança de surpreender o imã em pleno ofício.

Sou interceptado na entrada do bairro pelos mesmos dois homens que me seguiram pela manhã. Não parecem contentes em me ver novamente por ali e não permitem que eu me aproxime do santuário.

— Não está certo isso que está fazendo, doutor — me diz o grandão.

Volto à casa de Leila para esperar a próxima oração.

E, de novo, sou interpelado antes de chegar à mesquita. Desta feita, um terceiro homem junta-se aos meus anjos da guarda irritados com minha teimosia. Está bem-vestido, é de estatura miúda, mas forte, e tem um bigode fino e um grosso anel de prata no dedo. Pede-me que o siga a uma viela e ali, ao abrigo das indiscrições, pergunta-me aonde quero chegar.

— Estou pedindo para ver o imã.

— A respeito de quê?

— Sabe perfeitamente bem por que estou aqui.

— Pode ser, mas o senhor não sabe onde está pisando.

A ameaça é clara; seus olhos buscam atravessar os meus.

— Pelo amor do céu, doutor — diz ele, os nervos à flor da pele. — Faça o que lhe dizem: volte para casa.

Ele me deixa ali e se vai, com seus companheiros fechando a marcha atrás dele. Volto à casa de Yasser e espero a prece do *maghreb*, decidido a encurralar o imã até suas derradeiras trincheiras. Kim telefona nesse meio-tempo. Acalmo-a, prometendo ligar antes da noite.

O sol desaparece de mansinho no horizonte. Os ruídos da rua acalmam-se. Um pouco de brisa penetra no pátio abafado pela fornalha da tarde. Yasser volta alguns minutos antes da prece. Não está contente em me ver ainda em sua casa, mas visivelmente aliviado em saber que não vou ficar para dormir.

Ao chamado do muezim, saio à rua e me dirijo à mesquita pela terceira vez consecutiva. Os guardiães do templo não me esperam em sua guarida; dessa vez, anteciparam-se, e caem em cima de mim numa rua do bairro de Yasser. São cinco. Dois se mantêm aquartelados na entrada da viela, os outros três me empurram a um portão.

— Não brinque com fogo, doutor — me diz um grandalhão decidido, jogando-me contra uma parede.

Luto para me livrar de seus golpes; seus músculos hercúleos não cedem. Na obscuridade nascente, seus olhos lançam flamas terríveis.

— Esse teatro todo não impressiona ninguém, doutor.

— Minha mulher encontrou o xeque Marwan na Grande Mesquita. É por isso que quero ver o imã.

— Lorotas. Não queremos você por aqui.

— E por que eu incomodo tanto?

Minha pergunta ao mesmo tempo o diverte e o irrita. Curva-se sobre meu ombro e me sopra na orelha:

— Está espalhando merda pela cidade.

— Olha o palavreado — intima o baixinho dos pomos salientes e da testa entalhada que já tinha falado comigo na mesquita. — Isto aqui não é um curral.

O malcriado engole seu zelo em seco e recua um passo. Posto em seu lugar, mantém-se à distância e não se move dali.

O baixinho explica-se num tom conciliador:

— Doutor Amin Jaafari, tenho certeza de que não se dá conta da perturbação que sua presença provoca em Belém. As pessoas andam muito suscetíveis por aqui. Se parecem precavidas, é para não responder às provocações. Os israelenses só esperam um pretexto para profanar nossa integridade e nos submeter a um regime de gueto. Sabemos disso e evitamos cometer o erro que eles aguardam de pé firme. E o senhor está fazendo o jogo deles...

Fixa-me direto nos olhos.

— Não temos nada a ver com sua mulher.

— Porém...

— Por favor, doutor Jaafari, entenda.

— Minha mulher encontrou, nesta cidade, o xeque Marwan.

— É o que dizem, de fato, mas não é verdade. O xeque Marwan não vem aqui há lustros. Os rumores servem para protegê-lo das emboscadas. Cada vez que quer ir a algum lugar, fazemos correr o boato de que está em Haifa, em Belém, em Janin, em Gaza, em Ramallal, onde for, em todos os lugares ao mesmo tempo para confundir as pistas e proteger seu deslocamento. Os serviços israelenses estão em seu encalço. Empregam um contingente imenso de informantes para darem o alarme assim que põe o nariz para fora. Há dois anos, escapou milagrosamente de um míssil teleguiado, lançado de um helicóptero. Perdemos assim muitas figuras de proa de nossa luta. Não se esqueça de como o xeque Yacine, em sua idade avançada e preso a uma cadeira de rodas, foi alvejado. Devemos velar sobre os raros líderes que nos restam, doutor Jaafari. E seu comportamento não está nos ajudando...

Põe uma mão em meu ombro e continua:

— Sua mulher é uma mártir, doutor. Para sempre lhe seremos reconhecidos. Mas isso não autoriza o senhor a lançar pelos ares seu sacrifício nem pôr em perigo quem quer que seja. Respeitamos sua dor, respeite nosso combate.

— Quero saber...

— Ainda é muito cedo, doutor Jaafari — corta-me peremptoriamente. — Por favor, volte a Tel-Aviv.

Faz sinal a seus homens para que desapareçam.

Uma vez a sós, ele e eu, segura meu pescoço com as duas mãos, levanta-se na ponta dos pés, beija-me vorazmente a testa e vai-se sem olhar para trás.

# 11

Kim precipita-se para a porta assim que ouve tocar a campainha. Abre na corrida, sem nem perguntar quem é.

— Deus do céu! — grita. — Por onde você andou?

Certifica-se de que estou inteiro, verifica se nem minha roupa nem meu rosto trazem nenhum sinal de violência, e me mostra as mãos:

— Parabéns! Graças a você, voltei aos bons velhos hábitos: agora eu rôo as unhas...

— Não achei táxi em Belém, e, por causa dos controles todos, nenhum clandestino me ofereceu seus serviços.

— Podia ter me ligado. Eu iria buscar você.

— Não ia achar. Belém é um enorme emaranhado. Uma espécie de toque de recolher entra em vigor com o cair da noite. Eu não saberia onde marcar um encontro.

— Bom — diz ela, afastando-se para me deixar passar —, você está inteiro e isso já é uma boa coisa.

Instalou uma mesa no terraço e a mesa está posta.

— Fiz algumas compras enquanto você não estava. Não jantou, espero, porque eu preparei um pequeno banquete.

— Estou morto de fome.

— Excelente notícia — fez ela.

— Transpirei um bocado, hoje.

— Eu imaginava... O banho está preparado.

Vou pegar minhas coisas no quarto.

Fico uns vinte minutos debaixo do jato quente da ducha, as mãos contra a parede, as costas curvadas e o joelho no pescoço. O jorro da água sobre meu corpo me relaxa. Sinto meus músculos se descontraírem e minha respiração acalmar-se. Kim vem me estender um roupão atrás da cortina. Seu pudor exagerado me faz rir. Enxugo-me numa toalha enorme, esfrego vigorosamente os braços e as pernas, enfio o roupão, largo demais, de Benjamin, e vou ao seu encontro no terraço.

Mal me sentei, alguém toca a campainha. Olhamo-nos, Kim e eu, intrigados.

— Está esperando alguém? — pergunto-lhe.

— Não estava — diz ela, indo abrir a porta.

Um fulano com quipá e vestido com uma malha quase empurra Kim para poder entrar. Dá uma rápida olhadela por cima de sua cabeça, me enxerga e diz:

— Sou o vizinho do 38. Vi a luz acesa e então vim cumprimentar Benjamin.

— Benjamin não está — faz Kim, irritada com a sem-cerimônia. — Sou sua irmã, doutora Kim Yehuda.

— Sua irmã? Nunca a vi.

— Está vendo agora.

Ele aquiesce com a cabeça, dirige o olhar na minha direção.

— Bem — diz ele —, espero não ter incomodado vocês.

— Tudo bem.

Leva um dedo à testa num vago cumprimento e se retira. Kim olha-o partir antes de fechar a porta.

— Não falta audácia ao tipinho — resmunga, voltando à mesa.

Pusemo-nos a comer. As estridulações noturnas acentuam-se à nossa volta. Uma enorme mariposa rodopia loucamente em volta da lâmpada pendurada no frontão da casa. No céu, onde outrora tantas canções se diluíram, a Lua crescente se esfrega numa nuvem. Por cima da mureta baixa da casa, vêem-se as luzes de Jerusalém, com seus minaretes e o campanário de suas igrejas, que essa muralha sacrílega, miserável e horrenda, nascida da inconsistência dos homens e de suas torpezas, agora esquarteja. Contudo, malgrado a afronta que lhe faz o Muro de todas as discórdias, Jerusalém, a desfigurada, não se deixa abater. Continua ali, encolhida entre a clemência de suas planícies e o rigor do deserto da Judéia, sorvendo sua sobrevivência na fonte de suas vocações eternas às quais nem os reis de outrora nem os charlatães de agora acederam. Mesmo cruelmente extenuada pelos abusos de uns e pelo martírio de outros, ela continua a guardar a fé — essa noite mais que nunca. Parece recolher-se em meio a seus círios, recobrar todo o alcance de suas profecias agora que os homens se preparam para dormir. O silêncio quer ser um porto de paz. A brisa canta nas folhagens, carregadas de incenso e de perfumes cósmicos. Bastaria apurar o ouvido para perceber a pulsação dos deuses, estender a mão para colher sua misericórdia e presença de espírito para fundir-se a eles.

Gostei muito de Jerusalém quando adolescente. Experimentava o mesmo frêmito tanto diante do Domo do Rochedo quanto ao pé do Muro das Lamentações e não podia manter-me insensível à quietude que emana da basílica do Santo Sepulcro. Passava de um bairro a outro, como quem passa de uma fábula asquenaze a um conto beduíno, com a mesma felicidade e o mesmo contentamento, e não precisava ser um objetor de consciência para desconfiar das teorias das armas e das pregações virulentas. Bastava levantar os olhos às fachadas a meu redor para me opor a tudo que pudesse ferir sua imutável majestade. Ainda hoje, partilhada entre um orgasmo de odalisca e sua santa contenção, Jerusalém tem sede de embriaguez e de enamorados e vive muito mal o tumulto de seus filhos enjeitados, na esperança de que, contra ventos e marés, um clarão termine por libertar as mentalidades de seu obscuro tormento. Olimpo e gueto a um só tempo, egéria e concubina, templo e arena, sofre por não poder inspirar os poetas sem que as paixões degenerem e, com o coração partido, se desfaz ao sabor dos humores como se esvaem suas preces na blasfêmia dos canhões...

— Tudo bem? — interrompe-me Kim.

— Quê?

— O dia, como foi?

Limpo a boca num guardanapo.

— Não esperavam me ver por ali — digo. — Agora que me têm em cima deles, não sabem o que fazer.

— Tudo isso?... E qual é, exatamente, a tática que pretende usar?

— Nenhuma. Não tenho nenhuma. Como não sei por onde começar, vou tateando.

Ela me serve água com gás. Sua mão não está tranqüila.

— Acha que vão ceder?

— Não tenho a mínima idéia.

— E, nesse caso, aonde quer chegar?

— Eles é que devem me dizer, Kim. Não sou nem tira nem repórter policial. O que tenho é ódio e esse ódio me devoraria vivo se eu cruzasse os braços. Para ser franco, nem sei exatamente o que quero. Obedeço a algo dentro de mim que me navega a seu bel-prazer. Ignoro aonde vou e não me importo. Mas garanto a você que já me sinto melhor agora que dei o pontapé no formigueiro. Precisava vê-los quando deram comigo em seu caminho... Entende o que quero dizer?

— Não, Amin, não entendo, de fato. Essa maquinação toda não parece de bom augúrio. Do meu ponto de vista, acho que você está se enganando. É de um psicólogo que precisa, não de um guru. Essa gente não tem conta nenhuma a prestar a você.

— Eles mataram minha mulher.

— Sihem *matou-se,* Amin — me diz ela docemente como se temesse despertar meus velhos demônios. — Sabia o que fazia. Ela escolheu seu destino. Não é a mesma coisa.

As palavras de Kim me exasperam.

Ela me toma a mão.

— Se não sabe o que quer, por que obstinar-se nesse caminho? Não é a direção correta. Vamos admitir que essa gente aceite encontrar com você. O que acha que vai arrancar deles? Dirão que sua mulher morreu pela boa causa e vão convidar você a fazer o mesmo. É gente que renunciou a este mundo, Amin. Lembre-se do que dizia Naveed: são mártires, que esperam o sinal verde para desaparecer num rastro de fumaça. Garanto a você que está no caminho errado. Vamos voltar para casa e deixar que a polícia se ocupe disso.

Retiro minha mão da sua.

— Não sei o que acontece comigo, Kim. Estou perfeitamente lúcido, mas sinto uma necessidade terrível de só obedecer à minha cabeça. Tenho o sentimento de que só vou conseguir cumprir o luto de minha mulher quando vir à minha frente o cretino que revirou sua cabeça. Pouco me importa o que terei a lhe dizer ou a incriminá-lo. Só quero ver a cara que tem, entender por que pôde mais que eu mesmo... É difícil explicar, Kim. É tanta coisa que passa pela minha mente... Às vezes, odeio-me a não poder mais. Outras, acho que Sihem é a pior das piores mulheres reunidas. Preciso saber, de nós dois, quem foi que faltou com o outro.

— E acha que vai encontrar a resposta entre essa gente?

— Não sei!

Meu grito retumba no silêncio como uma detonação. Kim estaca em sua cadeira, o pano de prato contra a boca, os olhos arregalados.

Levanto as mãos à altura dos ombros para me acalmar:

— Perdão... Toda essa história é mais forte que eu, está claro. Mas preciso fazer o que tenho vontade.

Se me acontecer alguma coisa, talvez seja, afinal, o que eu tanto procuro.

— Eu me preocupo com você.

— Não duvido disso um segundo, Kim. Às vezes tenho vergonha da minha conduta, mas não consigo me controlar. E quanto mais tentam me chamar à razão, menos tenho vontade de raciocinar... Você me entende?

Kim coloca o pano de lado sem responder. Seus lábios tremem durante um longo minuto antes de encontrar as palavras que busca. Ela respira profundamente, pousa em mim olhos dolorosos e diz:

— Conheci alguém, há já muito tempo. Era um rapaz comum, mas me deslumbrou assim que o vi. Era gentil e terno. Não sei como fez, mas ao cabo de um flerte tornou-se o centro do universo para mim. Eu me apaixonava a cada vez que me sorria, mas tanto, tanto, que, às vezes, quando me virava a cara, eu precisava acender todas as luzes em pleno dia para ver alguma claridade à minha volta. Amei-o como raramente se pode amar alguém. Por momentos, no auge da felicidade eu fazia a mim mesmo a pergunta fatídica: e se ele me abandonar? Imediatamente, via minha alma separar-se de meu corpo. Sem ele, eu estaria morta. Mas, numa noite, sem aviso prévio, jogou suas coisas numa mala e saiu da minha vida. Durante anos, tive a impressão de ser um envelope esquecido num canto qualquer depois de uma mudança. Um envelope transparente suspenso no vazio. Depois, os anos passaram, e percebi que ainda estava viva, que minha alma nunca me abandonou e, de uma vez, recobrei meus espíritos...

Seus olhos recobrem os meus, desmontam-nos.

— O que quero dizer é simples, Amin. Por mais que se espere o pior, o pior sempre nos surpreenderá. E se, por infelicidade, nos acontece de chegar ao fundo do poço, depende de nós, e só de nós, deixar-se abater ou subir de volta à superfície. Entre o quente e o frio não há mais que um fio. É preciso saber onde pôr os pés. É muito fácil escorregar. Uma precipitação, e estamos no fosso. Mas isso é o fim do mundo? Não acho. Para dar a volta por cima, basta resignar-se.

Lá fora, um carro freia numa estridência de pneus; portas abrem e fecham e barulhos de passos cobrem as estridulações. Batem na porta; depois, tocam a campainha. Kim vai abrir. É a polícia, acompanhada do vizinho do 38. O oficial é um homem loiro de certa idade, magro e cortês; três agentes o escoltam, armados até os dentes. Desculpa-se pelo incômodo e pede para ver nossos documentos. Vamos a nossos respectivos quartos buscar os documentos em questão, acompanhados de perto pelos policiais.

O oficial verifica nossas carteiras de identidade, e as profissionais, demora-se nas minhas.

— O senhor é israelense, senhor Jaafari?

— Algum problema?

Ele me mede com o olhar, irritado com minha pergunta, nos devolve os documentos e dirige-se a Kim.

— A senhora é irmã de Benjamin Yehuda?

— Sou.

— Seu irmão é um velho conhecido nosso. Ainda não voltou dos Estados Unidos?

— Está em Tel-Aviv. Preparando um seminário.

— É verdade, esqueci-me. Tinha ouvido dizer que fora operado, nesses últimos tempos. Espero que passe bem, agora...

— Meu irmão nunca botou os pés num centro cirúrgico, senhor oficial.

Ele concorda com um gesto, cumprimenta-a e faz sinal a seus homens para segui-lo. Antes de fechar a porta, escutamos o vizinho do 38 dizer que Benjamin nunca lhe dissera que tinha uma irmã. As portas batem de novo e o carro arranca em alta velocidade.

— A confiança reina por aqui — digo a Kim.

— E como! — faz ela, de volta à mesa.

Não prego o olho a noite inteira. Por vezes fixo o teto até furá-lo, em outras mamo um enésimo cigarro, ruminando insaciável as palavras de Kim sem nelas encontrar nenhum sabor. Kim não me entende; mais grave, não estou muito mais adiantado que ela. Não suporto, porém, que me dêem lições ou que me façam sermões. Só quero ouvir essa coisa que martela minha cabeça e me leva, contra minha vontade, até o único túnel a me oferecer uma pontinha de luz quando todas as outras saídas me rejeitam.

De manhã, bem cedo, aproveito o sono de Kim para deixar a casa na ponta dos pés e salto em um táxi na direção de Belém. A Grande Mesquita está quase deserta. Um fiel, que arrumava os livros numa biblioteca improvisada, não tem tempo de me alcançar. Atravesso como uma rajada de vento a sala das preces, levanto o pano atrás do *minbar* e termino num cômodo rudimentar onde um jovem vestido num *kamis* branco e coberto com uma touca lê em um alcorão. Está sentado como um faquir numa almofada, uma mesa baixa à sua frente. O fiel corre atrás de mim, me pega pelo ombro; eu o empurro e me posto diante do imã que pede ao discípulo para ficar tranqüilo, ofendido pela minha intrusão. O crente retira-se, resmungando. O imã fecha o livro para me olhar de cima a baixo. Seu olhar é colérico.

— Isto aqui não é um bordel.

— Sinto muito, mas era o único meio de me aproximar.

— Não é motivo.

— Preciso conversar com o senhor.

— A respeito de quê?

— Sou o doutor...

— Sei quem é o senhor. Fui eu quem pediu que o mantivessem afastado da mesquita. Não vejo o que espera encontrar em Belém, e não penso que sua presença em minha casa seja uma boa idéia.

Pousa o alcorão sobre um minúsculo cavalete a seu lado e levanta-se. É pequeno, ascético, mas seu ser exala uma energia e uma determinação a toda prova. Seus olhos de um negro impressionante pesam sobre os meus.

— Não é bem-vindo entre nós, doutor Jaafari. O senhor não tem, tampouco, o direito de entrar neste santuário sem abluções e sem se descalçar — acrescenta, enxugando com o dedo os cantos da boca. — Se o senhor costuma perder assim a cabeça, mantenha ao menos uma aparência de correção. Aqui é um lugar de culto. E sabemos que é um crente pouco devoto, quase um renegado, que não pratica a via de seus ancestrais nem se conforma com seus princípios, e que há muito deixou de se solidarizar com sua Causa optando por uma outra nacionalidade... Ou eu estaria por acaso enganado?

Diante de meu silêncio, esboça uma pesada careta de desdém e decreta com um tom sentencioso:

— Por conseguinte, não vejo o que teríamos a discutir.

— Minha mulher!

— Ela morreu — retorque secamente.

— Mas eu ainda não fiz o luto.

— É problema seu, doutor.

A aridez de seu tom, conjugada a seu caráter expedito, me desestabiliza. Não consigo acreditar que um homem que se supõe perto de Deus possa ter se afastado tanto assim dos homens, tão insensível a suas dores.

— Não gosto da maneira como fala comigo.

— Há uma enormidade de coisas de que o senhor não gosta, doutor, e não penso que isso o dispense do que quer que seja. Ignoro quem se ocupou de sua educação, mas uma coisa é certa: não esteve em uma boa escola. Nada, tampouco, autoriza o senhor a tomar esse ar ultrajado ou a se colocar acima do comum dos mortais; nem seu sucesso social, nem a bravura de sua esposa que, diga-se de passagem, não eleva o senhor de modo algum em nossa estima. Para mim, não passa de um pobre infeliz, um miserável órfão sem fé nem salvação que vive errante tal um sonâmbulo em plena luz. Ainda que caminhasse sobre as águas, nem isso o lavaria da afronta que representa. Pois o bastardo, o verdadeiro bastardo, não é aquele que não conhece seu pai, mas aquele que desconhece suas origens. De todas as ovelhas decaídas, ele é aquele a quem mais se deve lastimar e menos chorar.

Ele me mede, a boca pronta a morder:

— Agora, saia. Traz mau presságio a nossa casa.

— Proíbo-o...

— Fora!

Seu braço se estende à cortina, rápido como um gládio.

— Ainda uma coisa, doutor: entre se integrar e se desintegrar, a margem de manobra é tão estreita que o menor excesso poderia pôr tudo a perder.

— Iluminado insano!

— Esclarecido — corrige ele.

— Crê-se investido de uma missão divina.

— Todo homem honrado é dela investido. De outro modo, não seria mais que um vaidoso, egoísta e injusto.

Bate palmas. O discípulo, que visivelmente escutava à porta, vem me pegar pelo ombro. Afasto-o com decisão e me volto para o imã.

— Não deixarei Belém antes de ter encontrado o responsável por seu gesto.

— Saia da minha casa, por favor — me diz o imã, recolhendo seu livro sobre o cavalete.

Senta-se novamente sobre a almofada e faz como se eu não estivesse mais ali.

Kim me liga no celular. Está muito chateada pelo modo como saí de manhã. Para me redimir, concordo que venha a Belém e marco o encontro num posto na entrada da cidade. Vamos depois à casa de minha irmã, que ainda não se restabeleceu de todo.

Persuadido de que os homens do imã iriam manifestar-se, ficamos à cabeceira de Leila. Yasser chega um pouco mais tarde. Encontra Kim cuidando de sua mulher e não tenta entender se é uma amiga minha ou uma médica chamada às pressas. Retiramo-nos a um canto para conversar. Temendo que eu estrague seu fim de dia, ele enumera os perigos que ameaçam sua fabriqueta de azeite, as dívidas que se acumulam, a chantagem dos credores. Escuto-o até que perca o fôlego. Na minha vez, comunico a ele minha conversa expeditiva com o imã.

Ele se contenta em balançar o queixo, uma ruga profunda na testa. Prudente, não arrisca nenhum comentário, mas a atitude do imã inquieta-o visivelmente.

À noite, como nada até então acontecera, decido voltar à mesquita. Dois homens caem em cima de mim numa viela. O primeiro me pega pelo colarinho e me derruba com o pé; antes que eu chegue ao chão, o segundo me dá uma joelhada nos rins. Escondo meu punho machucado sob uma axila e, com o rosto debaixo do braço, enrodilho-me para me proteger dos golpes que chovem de todos os lados. Os dois homens continuam a me bater por um tempo, prometendo linchar-me na praça se me surpreenderem ainda rodeando as paragens. Tento me arrastar até um portão; eles me puxam para o meio da rua e chutam minhas costas e minhas pernas. Alguns desocupados que se encontravam por ali batem logo em retirada, abandonando-me à fúria dos meus agressores. Entre contorções e gritos, alguma coisa chameja na minha cabeça e perco a consciência...

Quando me recobro, vejo uns moleques à minha volta. Um deles pergunta se estou morto, o outro lhe responde que estou provavelmente bêbado — e todos recuam de um salto quando me ponho sentado.

A noite caiu. Cambaleio, apoiando-me contra as paredes, a barriga da perna vacilando e a cabeça zumbindo. Preciso de mil acrobacias para chegar à casa de meu cunhado.

— Meu Deus! — exclama Kim.

Com a ajuda de Yasser, põe-me sentado num banco e começa a abrir minha camisa. Está aliviada por constatar que, fora as contusões e as escoriações, meu corpo não tem sinal de arma branca nem de bala. Depois de se ocupar dos primeiros socorros, ela pega o telefone para chamar a polícia — Yasser quase tem um infarto.

Digo a Kim que nem pensar e que não tenho intenção nenhuma de fugir, sobretudo depois da surra que me deram. Ela protesta, me chama de louco e me suplica que a acompanhe sem tardar a Jerusalém; recuso-me categoricamente a deixar Belém. Kim se dá conta de que estou totalmente cego de ódio e que nada me fará renunciar à minha idéia fixa.

No dia seguinte, o corpo em frangalhos e arrastando a perna, volto à mesquita. Ninguém vem me jogar para fora. Alguns fiéis, vendo que eu não me levantava para as preces, pensam que sou um retardado.

À noite, alguém telefona para a casa de Yasser para dizer que passariam para me pegar dentro de meia hora. Kim me adverte que se trata seguramente de uma armadilha; não ligo. Estou farto de desafiar o diabo e de só receber suas patadas; quero vê-lo inteiro, de frente, mesmo com o risco de padecer para o resto da minha vida.

É um menino quem se apresenta à casa de Yasser. Pede-me que o siga até a praça, onde um adolescente vem rendê-lo. Carrega-me longamente através de uma zona mergulhada na escuridão; suspeito que ande em círculos para me desorientar. Atingimos enfim um armazém abandonado. Um homem nos aguarda postado ao lado de uma porta de ferro meio baixada. Despede o garoto e me convida a acompanhá-lo ao interior do edifício. Ao fim de um corredor repleto de papelão e caixotes velhos, entrega-me a um segundo homem. Atravessamos um pequeno pátio parcamente iluminado. Num aposento nu, pedem que eu me troque e use um agasalho e espadrilhas novas. Medida de segurança, me explica o homem, porque o Shin Beth poderia ter colado em mim uma célula eletrônica capaz de lhe indicar minha direção a qualquer momento; ali mesmo assegura-se de que eu não carrego comigo nenhum microfone ou coisa do tipo. Uma hora depois, um furgão vem me buscar. Vendam-me os olhos e me jogam contra o assoalho do carro. Uma infinidade de voltas mais adiante, escuto uma porta gemer e depois abrir-se atrás do veículo. Um cão se põe a latir, logo chamado à ordem por uma voz de homem. Braços me levantam, e me retiram a venda. Estou num grande pátio no fundo do qual silhuetas armadas aguardam com ares decididos. Por um momento, um arrepio escabroso arranha-me as costas; súbito, tenho medo e me sinto feito um rato.

O motorista do furgão me pega pelo cotovelo e me empurra a uma casa à direita. Não me acompanha mais longe. Um fulano enorme como o gigante de um circo qualquer me convida a penetrar em uma sala recoberta por tapetes de lã onde um jovem de *kamis* negro bordado nas mangas e no colarinho me recebe de braços abertos.

— Irmão Amin, é um privilégio recebê-lo em minha modesta casa — diz ele, com um ligeiro sotaque libanês.

Seu rosto não me diz nada. Não acho que o tenha visto ou notado antes. É bonito, tem os olhos claros e os traços finos, e um bigode cheio demais para ser verdadeiro; não deve ter mais de trinta anos.

Aproxima-se de mim e me abraça batendo em minhas costas ao modo dos *moujahidin*.

— Irmão Amin, meu amigo, meu destino. Não pode imaginar como me sinto honrado.

Julgo inútil lembrar-lhe a surra que seus esbirros me deram na véspera.

— Venha — diz ele, pegando minha mão —, tome lugar neste banco e sente-se perto de mim.

Olho o colosso aquartelado diante da porta. Com um imperceptível balançar de cabeça, meu anfitrião o despede.

— Doeu-me ontem — me diz ele —, mas reconheça que foi você quem procurou.

— Se é o preço a pagar para vê-lo, acho a nota um pouco salgada.

Ele ri.

— Outros antes de você não se livraram a tão bom preço — me confia com uma ponta de arrogância. — Atravessamos momentos onde nada deve ser deixado ao acaso. O mínimo deslize, e tudo pode ir por água abaixo.

Levanta as abas de seu *kamis* e senta-se acocorado sobre uma esteira.

— Sua infelicidade emociona-me no mais profundo de minha alma, irmão Amin. Deus é minha testemunha, sofro tanto quanto você.

— Duvido muito. São coisas que não se compartilham de modo equivalente.

— Também perdi os meus.

— Não os chorei como o senhor.

Ele aperta os lábios:

— Vejo...

— Não é uma visita de cortesia — digo-lhe.

— Eu sei... Que posso fazer por você?

— Minha esposa morreu. Mas, antes de se fazer explodir no meio de um grupo de escolares, ela veio a esta cidade encontrar seu guia. Odeio que tenha preferido os fundamentalistas a mim, seu marido — acrescentei, incapaz de conter a raiva que me ganhava como uma maré obscura. E, duplamente, agora que só via fogo. — Confesso que tenho ainda mais ódio porque não esperava encontrar o que encontrei. Minha mulher islamita? E desde quando? Isso continua a não entrar aqui, na minha cabeça. Era uma mulher de seu tempo. Gostava de viajar e de nadar, bebericar sua limonada no terraço dos cafés e orgulhava-se demais de seus cabelos para escondê-los debaixo de um véu... O que foi que lhe disseram para fazer dela um monstro, uma terrorista, uma ista suicida, justo ela, que não suportava ouvir gemer um cãozinho?

Ele está desapontado. Sua operação de sedução, que deve ter preparado com requintes durante horas antes de me acolher, parece ir a pique. Não esperava minha reação e pensava, pela encenação rocambolesca que cercou minha aproximação e meu "seqüestro" consentido, ter-me impressionado a ponto de me deixar em posição de fragilidade. Eu mesmo não compreendo de onde me vem essa insolência agressiva que faz tremer minhas mãos sem debilitar minha voz, bater meu coração sem que cedam meus joelhos. Encurralado entre a precariedade da minha situação e a raiva que o zelo altaneiro de meu anfitrião e sua fantasia de mau gosto suscitam em mim, opto pela temeridade. Preciso mostrar com toda a clareza a esse chefete de opereta barata que não o temo, devolver-lhe a repugnância e o fel que os estúpidos de sua espécie secretam em mim.

Por um longo tempo, o comandante estala os dedos, um a um, sem saber por onde começar.

— Não aprecio a brutalidade de suas críticas, irmão Amin — terminou dizendo com um suspiro. — Mas debito na conta da dor que sente.

— Pode enfiar onde bem entender.

Seu rosto se afogueia.

— Sem grosserias, por favor. Não as suporto. Sobretudo na boca de um eminente cirurgião. Aceitei recebê-lo por uma simples razão: para explicar de uma vez por todas que não serve para nada expor-se desse jeito em nossa cidade. Não há nada para você, aqui. Queria encontrar um responsável por nosso movimento. Ei-lo, já o tem. Agora, volte a Tel-Aviv e ponha uma cruz definitiva nesta entrevista. Outra coisa: não conheci sua mulher, pessoalmente. Não agia sob nossa bandeira, mas apreciamos seu gesto.

Levanta para mim olhos incandescentes.

— Uma última observação, doutor. De tanto querer se parecer com seus irmãos de adoção, acabou perdendo o discernimento dos seus. Um islamita é um militante político. Só tem uma ambição: instaurar um Estado teocrático em seu país e gozar plenamente de sua soberania e de sua independência... Um ista é um jihadista extremista. Não crê na soberania dos Estados muçulmanos nem em sua autonomia. Para ele, são todos Estados vassalos que serão chamados a se dissolverem em proveito de um só califado. Pois o integrista sonha com uma *ouma* única e indivisível que se estenderia da Indonésia ao Marrocos para, no caso de não converter o Ocidente ao Islã, sujeitá-lo ou destruí-lo... Não somos nem islamitas, nem istas, doutor Jaafari. Somos apenas os filhos de um povo espoliado e achincalhado que se bate com os meios que tem a seu alcance para recuperar sua pátria e sua dignidade, só isso.

Ele me considera um instante para ver se eu assimilei o que disse; depois, mergulhando novamente na contemplação de suas unhas de uma limpeza imaculada, prossegue:

— Não conheci sua esposa, e sinto-o muito. Sua mulher merecia que beijássemos seus pés. O que ela nos ofereceu, com seu sacrifício, nos reconforta e nos instrui. Compreendo que se sinta enganado. É que ainda não percebeu o alcance do ato dela. Por enquanto, é seu orgulho de marido ferido que reclama. Um dia, isso terminará por minorar e então você verá mais claro e mais longe. Se sua esposa não o pôs a par de seu combate, isso não significa que tenha sido traído. Ela não tinha nada a dizer a você. Não tinha contas a prestar a ninguém. Pois ela se entregava a Deus... Não peço que a perdoe — o que é o perdão de um marido quando se recebeu a graça do Senhor? Peço que vire a página. A história continua.

— Quero saber por quê — digo tolamente.

— Por que o quê? É a história dela; uma história que não diz respeito a você.

— Eu era marido dela.

— Ela não o ignorava. Se não quis confiar nada a você, certamente tinha suas razões. Desse modo, desqualificava-o.

— Asneiras! Ela tinha obrigações comigo. Não se abandona um marido dessa maneira. Pelo menos, não a mim. Nunca faltei com ela. E foi minha vida que ela jogou pelos ares. Não somente a minha. Minha vida e mais a de dezessete pessoas que ela não conhecia, nem nunca tinha ouvido falar. E o senhor me pergunta por que eu quero saber? Muito bem, eu quero saber *tudo*, toda a verdade.

— Qual verdade? A dela ou a sua? A de uma mulher que entendeu qual era seu dever ou a verdade de um homem que crê que basta voltar as costas a um drama para ter as mãos limpas? Qual a verdade que quer conhecer, *doutor Amin Jaafari*? A de um árabe que pensa que com um passaporte israelense seus problemas estão todos resolvidos? A de um forasteiro malvisto e considerado um intruso, mas a quem se reverencia por qualquer coisa e por um nada e a quem se convida a essas recepções mundanas dos bem-sucedidos para mostrar como se é tolerante e atencioso? A verdade de alguém que virou a casaca e por isso pensa que mudou de pele e pode se metamorfosear à vontade? É essa verdade que procura ou é dessa verdade que foge?... Ah, não, mas em que planeta vive, *senhor*? Estamos num mundo que se entredevora todos os santos dias que Deus dá. Passamos nossas noites a recolher nossos mortos e nossas manhãs enterrando-os. Nossa pátria é violada a torto e a direito, nossas crianças não sabem mais o que é uma escola, nossas meninas não sonham mais com seus príncipes encantados, que preferem a *intifada* a elas, nossas cidades desabam sob os tanques e nossos santos patronos não sabem mais o que fazer nem para onde ir; e você, bem protegido nessa gaiola dourada, você simplesmente se recusa a enxergar nosso inferno. É um direito seu, afinal. Cada um leva seu barco como bem entende. Mas, por graça, não venha pedir àqueles que, afligidos pela sua impassibilidade e seu egoísmo, não hesitam em dar a vida para fazer você acordar... Sua mulher morreu pela *sua* redenção, senhor Jaafari.

— Você fala de redenção! — agora sou eu quem o trata por você. — É você quem precisa dela... Ousa me falar de egoísmo, a mim, a quem me roubaram o ser mais caro que eu tinha no mundo?... Ousa vir com essas histórias de bravura e de dignidade enquanto você continua aí protegido, mandando mulheres e crianças queimar pelos ares? Engana-se: vivemos, sim, no mesmo planeta, *meu irmão*, salvo que não nos alojamos sob a mesma insígnia. Você escolheu matar, e eu escolhi salvar. Aquele que para você é o inimigo para mim é um paciente. Não sou nem egoísta nem indiferente, e tenho tanto amor-próprio quanto qualquer um. Quero simplesmente viver meu quinhão de existência sem precisar minar o dos outros. Não creio nas profecias que privilegiam o suplício, em detrimento do bom senso. Vim ao mundo nu, e o deixarei nu; o que possuo não me pertence. Tanto quanto não me pertence a vida dos outros. Todos os infortúnios da humanidade provêm desse mal-entendido: o que Deus te empresta, deves saber devolver. Nenhuma coisa, na Terra, te pertence verdadeiramente. Nem essa pátria de que fala, nem a tumba que fará de você pó entre o pó.

Meu dedo não parou de estocá-lo. O chefe de guerra mantém-se impassível. Escuta-me até o final, os olhos em suas unhas, sem nem se prestar a enxugar os respingos da minha saliva em seu rosto.

Depois de um longo silêncio, que me pareceu interminável, ele mexe ligeiramente uma sobrancelha, respira bem fundo e levanta enfim os olhos para mim.

— Estou pasmo com o que acabo de ouvir, Amin, e isso me dilacera o coração e a alma. Não importa o tamanho da sua dor, por maior que ela seja não tem o direito de blasfemar desse jeito. Você me fala da sua esposa, e não me ouve falar da sua pátria. Se não deseja ter uma, não obrigue os demais a renunciar à deles. Os que a reclamam com gana oferecem sua vida todos os dias e todas as noites. Não querem viver vegetando no desprezo dos outros e de si mesmos. É a decência ou a morte, a liberdade ou a tumba, a dignidade ou o ossuário dos mortos. E nenhuma dor, nenhum luto os impedirá de se baterem por aquilo que consideram, a justo título aliás, a própria essência da existência: a honra. *"A felicidade não é a recompensa da virtude. Ela é a própria virtude."*

Bate palmas. A porta se afasta deixando à mostra o colosso. A entrevista foi encerrada.

Antes de me dispensar, ele acrescenta:

— Sinto muito por você, doutor Amin Jaafari. Está claro, claríssimo, não trilhamos o mesmo caminho. Poderíamos passar meses e anos tentando nos entender um ao outro, e nenhum de nós dois escutaria o argumento contrário. É inútil, portanto, insistir. Volte para casa. Não temos mais nada a nos dizer.

# 12

Kim tinha razão: eu devia ter entregado a carta a Naveed; faria melhor uso que eu. Ela não estava errada tampouco quando me punha em guarda contra mim mesmo, pois de todas as inverossimilhanças eu era a menos fácil de assimilar. Foi preciso tempo para me render às evidências. Já era uma sorte incrível eu ter saído inteiro disso tudo — na mesma, é verdade, e não necessariamente ileso, mas de pé.

A derrota que foi essa aventura ainda me perseguirá por muito tempo, tão tenaz quanto um caso de consciência, tão infame quanto uma farsa burlesca. Levou-me aonde, afinal? Só fiz voltear em torno de uma ilusão, como uma mariposa volteia em torno de uma mecha, mais obcecada pelas tentações da curiosidade que propriamente fascinada pela luz mortal da vela. O cofre que eu tentara abrir não me liberou nenhum de seus segredos; só me revelou seus mofos e suas teias de aranha.

Não preciso ir mais longe.

Agora que vi com meus próprios olhos com o que se assemelha um chefe de guerra e um fabricador de kamikazes, meus demônios abrandaram-se. Decidi parar com meu circo: vou voltar a Tel-Aviv.

Kim está aliviada. Dirige em silêncio, as mãos grudadas no volante como para ter a certeza de que não se trata de uma alucinação, que me carrega mesmo de volta para casa. Desde que nasceu o dia, evita soltar uma só palavra, de medo de que saia errada, de medo de eu bruscamente mudar de idéia. Levantou-se antes da aurora, embalou tudo em silêncio e só me acordou quando tudo estava arrumado e a maior parte de nossas bagagens, já no porta-malas do carro.

Deixamos os bairros judeus, uma viseira em cada lado do rosto. Nem pensar em olhar à direita ou à esquerda, ou demorar-se no quer que fosse; um simples descuido poderia pôr tudo a perder. Kim só tem olhos para a estrada que corre à sua frente, direto à saída da cidade. Liberado dos temores da noite, o dia anuncia-se radioso. Um céu imaculado estira-se preguiçosamente, ainda carregado do sono dos justos. A cidade parece ter dificuldade em sair da cama. Alguns madrugadores emergem da penumbra, furtivos, os olhos inchados de sonhos abortados; esgueiram-se como sombras chinesas. Alguns raros sons ecoam aqui e ali, traindo uma cortina de ferro que alguém levanta, um carro que dá a partida. Um ônibus gargareja grosseiramente entrando na estação. Em Jerusalém, tudo é muito prudente, pela manhã; por superstição: são as ações e os gestos da madrugada que moldam o resto do dia.

Kim aproveita a fluidez do trânsito para dirigir rápido, muito rápido. Não percebe seu nervoso. Grudada ao volante, parece querer ultrapassar meus saltos de humor, de medo de que eu mude de idéia e decida voltar a Belém.

Só se endireita quando os últimos bairros da cidade desaparecem no retrovisor.

— Não tem nenhum incêndio para apagar — digo-lhe.

Ela tira o pé do acelerador como se, súbito, percebesse que pisava no rabo de uma cobra. Na realidade, é sobretudo o desânimo da minha voz que a preocupa. Sinto-me tão cansado, tão miserável. O que fui procurar em Belém? Um pedaço de mentira para refazer o que resta da minha imagem? Um resto de dignidade quando tudo parece dar errado? Exibir minha cólera em praça pública para que saibam quanto me enojam esses estúpidos que acabaram com meus sonhos como quem corta um abscesso?... Admitamos que agora todos vejam minhas dores e meu pesar, que se afastem à minha passagem, que as nucas se curvem sob meu olhar... E depois? Isso muda o quê? Qual ferida cauterizar, qual fratura pôr no lugar?... Bem no fundo, nem estou certo de querer mesmo alcançar a raiz da minha infelicidade. Não tenho medo, é verdade, de puxar a arma, mas sim de bater-me em duelo com fantasmas. É óbvio que não possuo as qualidades requeridas. Não sei nada de gurus e seus esbirros. Toda a minha vida virei obstinadamente as costas às diatribes de uns e aos movimentos de outros, preso às minhas ambições, tal um jóquei à sua montada. Renunciei a meu clã, concordei em me separar da minha mãe, acedi a tudo, concessão por concessão, para me consagrar de corpo e alma à minha carreira de cirurgião; não tinha tempo para me interessar pelos traumatismos que minam os apelos à reconciliação de dois povos eleitos que preferiram fazer da Terra bendita de Deus um campo de horror e de cólera. Não me lembro de ter aplaudido o combate de uns nem tampouco ter condenado o de outros; eu achava que tinham todos uma atitude pouco razoável e aflitiva. Nunca me senti implicado, de qualquer maneira que fosse, pelo conflito sangrento que na verdade só faz opor, a portas fechadas, os sacos de pancada aos bodes expiatórios de uma História facínora sempre pronta à recidiva. Conheci tantas hostilidades desprezíveis que a única maneira de não me assemelhar àqueles que estavam por trás delas era eu mesmo não praticá-las. Entre dar o tapa e estender a outra face, escolhi aliviar a dor dos meus pacientes. Exerço o mais nobre dos ofícios humanos e por nada neste mundo eu comprometeria o orgulho que isso me insufla. Minha presença em Belém não foi mais que uma fuga; minha dita valentia, uma digressão. Quem sou eu para pretender triunfar ali onde os serviços competentes quebram a cara todos os dias? Tenho diante de mim uma organização perfeitamente azeitada, polida por anos de complôs e ações militares, e que há muito se subtrai aos mais finos dos agentes das polícias secretas. Só tenho a lhes opor minhas frustrações de marido enjeitado, um furor entorpecido, sem alcance real. E nesse duelo não há lugar para tristezas, menos ainda para enternecimentos; nesse duelo, só falam os canhões, os explosivos e as emboscadas, de parte a parte, e infeliz dos ventríloquos aos quais as marionetes se agarram — um duelo sem piedade e sem regras em que as hesitações são fatais e os erros, irreparáveis, em que o fim gera seus próprios meios, em que a salvação está fora de cogitação, suplantada de longe pela vertigem das desforras e das mortes espetaculares. Ora, sempre experimentei um santo horror pelos tanques e pelas bombas, e só via neles a forma mais completa do que a espécie humana tem de pior. Não tenho nada a ver com o mundo que profanei em Belém; não conheço suas exigências, ignoro seus rituais e não me vejo pronto a me familiarizar com eles. Odeio as guerras e as revoluções, e todas essas histórias de violências redentoras, que giram em torno de si mesmas como esses parafusos empenados, carregando gerações inteiras pelos mesmos absurdos mortais sem que o percebam. Sou um cirurgião. Acho que já há dor suficiente em nossa carne para que pessoas sãs de corpo e mente reclamem a qualquer motivo ainda mais dores.

— Deixe-me em casa, digo a Kim quando os arranha-céus de Tel-Aviv começam a espelhar-se nas reverberações do horizonte.

— Precisa pegar alguma coisa?

— Não; quero voltar para casa.

Ela franze a testa.

— Ainda é muito cedo.

— É minha casa, Kim. Mais cedo ou mais tarde, vou precisar voltar para lá.

Kim percebe seu passo em falso. Com uma mão irritada, empurra uma mecha que cai sobre seus olhos.

— Não foi o que eu quis dizer, Amin.

— Não disse nada de errado.

Ela roda algumas centenas de metros mordiscando os lábios.

— É ainda esse maldito aviso *que não soube captar*, não é?

Não respondo.

Um trator salta no flanco de uma colina. O rapaz que o conduz precisa grudar-se ao volante para não ser lançado para fora do veículo. Dois cães ruivos o escoltam em volta da máquina, um com o focinho na terra, o outro distraído. Uma casinha surge atrás de uma sebe, pequena e carcomida, antes que um buquê de árvores a escamoteie com a destreza de um prestidigitador. De novo, os campos retomam sua cavalgada perdida através da planície; a estação anuncia-se excelente.

Kim espera passar um comboio militar antes de voltar à carga:

— Não se sentia bem em minha casa?

Volto-me para ela; ela prefere continuar olhando reto à sua frente.

— Eu não ficaria um segundo a mais, Kim, e você sabe disso muito bem.Aprecio ter você a meu lado. Mas preciso de uma certa distância para fazer o inventário desses últimos dias com a cabeça descansada.

Kim teme sobretudo que eu me machuque, que não suporte um frente-a-frente comigo mesmo, que termine por ceder ao cerco de meu tormento. Ela crê que estou a dois passos da depressão, perto do gesto definitivo. Não precisa dizê-lo; tudo nela trai suas profundas inquietações: seus dedos que tamborilam em qualquer coisa, seus lábios que não sabem o que fazer de seus trejeitos, seus olhos que se entristecem assim que os meus insistem, sua garganta que ela precisa arranhar a cada vez que tem algo a me dizer... Pergunto a mim mesmo como faz para não perder o prumo e continuar seguindo meus passos com uma vigilância tão cerrada.

— Tudo bem — concede. Deixo você em casa e passo à noite te buscar. Vamos jantar em casa.

Sua voz não está à vontade.

Espero pacientemente que ela se vire em minha direção para dizer-lhe:

— Preciso ficar sozinho algum tempo.

Ela finge meditar e depois, a boca torta, ela pergunta:

— Até quando?

— Até que isto se cale.

— Pode durar muito tempo.

— Não estou afetado a tal ponto, posso assegurar. Só preciso me isolar um pouco.

— Muito bem — faz ela com uma ponta de raiva mal dissimulada.

E, depois de um longo silêncio:

— Posso ao menos passar para ver você?

— Eu telefono assim que possível.

Sua suscetibilidade se ressente.

— Não me leve a mal, Kim. O problema não é você. Eu sei, é complicado explicar, mas acho que você entende perfeitamente o que estou tentando dizer.

— Não quero que você fique sem companhia, é só isso. Acho que ainda não está preparado para se recuperar sozinho. E não quero morder o pouco de dedo que me resta.

— Eu me odiaria por isso.

— Por que não consulta o professor Menach? É um psiquiatra eminente e um grande amigo seu.

— Vou vê-lo, prometo, mas não no meu atual estado. Preciso me reconstruir, primeiro. Depois, vou estar em melhor condição para ouvi-lo.

Ela me deixa em casa, não ousa acompanhar-me até o interior. Antes de fechar a grade do portão atrás de mim, eu lhe sorrio. Lança-me uma piscadela triste.

— Tente não deixar esse *sinal* te arruinar a existência, Amin. Com o tempo, isso se desfaz e depois não vai conseguir se recuperar sem se dissolver entre os dedos como uma múmia apodrecida.

Sem esperar minha reação, ela arranca.

Quando o barulho do Nissan desaparece e me vejo diante da minha casa e de seu silêncio, dou-me conta da grandeza da minha solidão; já sinto falta de Kim... Estou de novo sozinho... *Não gosto de deixar você só*, me dissera Sihem à véspera de sua partida para Kafr Kanna. E, súbito, tudo retorna à minha mente. No momento em que menos espero.

Sihem me preparara um festim dos reis, naquela noite; só os pratos que eu adoro. Jantamos à luz de velas, frente a frente, na sala. Ela não comia, contentava-se em lambiscar delicadamente em seu prato. Estava tão bela e tão distante ao mesmo tempo. "Por que está triste, meu amor?", perguntei a ela. "Não gosto de deixar você só, meu querido", me respondeu. "Três dias não é tanto tempo assim", disse eu. "Para mim, é uma eternidade", confessou-me ela. Era essa, sua mensagem, *o sinal que eu não soube captar*. Mas, como suspeitar que houvesse um abismo por detrás do brilho de seus olhos, como adivinhar o adeus atrás de tanta generosidade, pois nessa noite ela se deu a mim como nunca antes?

Levo outra eternidade tremendo no umbral da minha porta antes de atravessá-lo.

A mulher da limpeza continua sem aparecer. Tento encontrá-la ao telefone e caio regularmente em sua secretária. Decido enfrentar a coisa. A casa está no estado em que os homens do capitão Moshé a deixaram; quartos revirados, gavetas pelo chão, o conteúdo espalhado para todos os lados, armários esvaziados, prateleiras viradas, móveis deslocados, alguns de perna para o ar. Nesse meio-tempo, pó e folhas secas invadiram o lugar graças às vidraças quebradas e às janelas que esqueci de fechar.

O jardim está uma desgraça, juncado de latas de bebidas, de jornais e de todo tipo de objetos que meus linchadores do outro dia deixaram atrás de si para compensar o golpe perdido. Chamo um vidraceiro meu conhecido; ele diz que tem trabalho naquela hora e promete passar antes do cair da noite. Começo eu a pôr ordem nos cômodos; recolho o que está jogado pelo chão, levanto o que foi virado, ponho as prateleiras e as gavetas em seu lugar, separo as coisas quebradas das que estão inteiras. Quando o vidraceiro chega, estou terminando de dar a última varrida. Ele me ajuda a pôr para fora os sacos de lixo e vai examinar as janelas, enquanto eu me retiro à cozinha para fumar um cigarro e beber um café; ele volta com um bloco em que anotou os diferentes reparos que o esperam.

— Furacão ou vandalismo? — pergunta.

Ofereço uma xícara de café que ele aceita de boa vontade. É um ruivo grandalhão, com o rosto marcado pelas sardas e que uma boca enorme devora pela metade, ombros redondos e flácidos e as pernas curtas que terminam rápido num tênis de tipo militar. Conheço-o há anos; operei seu pai duas vezes.

— Tem serviço, viu?! — informa-me. — Vinte e três vidros para trocar. Devia chamar também um carpinteiro; tem duas janelas arrebentadas e as venezianas para consertar.

— Você conhece um bom?

Reflete, fechando o olho.

— Tem um que não é ruim, mas não sei se está disponível no momento. Eu começo amanhã. Suei duro, hoje, e estou arrebentado. Só passei para ver o orçamento. Tudo bem?

Consulto meu relógio.

— De acordo. Amanhã.

O vidraceiro engole de um trago seu café, põe o bloco numa pasta do elástico estragado e se vai. Temia que trouxesse o atentado à baila, pois evidentemente ele sabia quem estava por trás daquilo; mas não foi o que aconteceu. Anotou o que tinha para fazer e pronto. Achei-o admirável.

Depois que se foi, tomo uma ducha e vou à cidade. Um táxi me deixa primeiro na garagem onde guardei meu carro antes de viajar a Jerusalém; depois, pregado atrás do meu volante, corro à beira-mar. O trânsito febril me obriga a estacionar diante do Mediterrâneo. Casais e famílias passeiam tranqüilamente ao longo das esplanadas. Janto num pequeno restaurante discreto, engulo algumas cervejas num bar do outro lado da rua, e depois vou andar pela praia até uma hora avançada da noite. O barulho das ondas me insufla uma espécie de plenitude. Volto para casa um pouco descabelado, mas com a cabeça livre de um bocado de vileza.

Caio na poltrona ainda vestido, os sapatos nos pés — o sono me pegou entre duas baforadas de cigarro. Uma janela batendo me acorda num sobressalto. Percebo que nado em suor. Creio ter tido um pesadelo, mas é impossível lembrar do que se tratava exatamente. Levanto-me cambaleante. Meu coração se aperta; arrepios me arranham as costas. *Quem está aí?* escuto-me gritando. Acendo a luz do vestíbulo, da cozinha, dos quartos, atrás do barulho suspeito... *Quem está aí?* Uma porta está aberta no primeiro andar, a cortina inflada de vento. Não há ninguém no balcão. Fecho as venezianas e volto à sala. Mas a presença continua ali, vaga e próxima a um só tempo. Meus arrepios aumentam. É Sihem, sem dúvida, ou seu fantasma, ou então os dois que voltam... Sihem... Progressivamente, ela enche o espaço. Ao fim de algumas palpitações, a casa é toda dela, só deixando uma minúscula bolsa de ar que me permite respirar. Tudo volta a se apropriar do lugar; os lustres, as cômodas, os varões das cortinas, os consoles, as cores... Os quadros, foi ela quem os escolhera, e foi ela quem os pendurara na parede. Vejo-a recuar alguns passos, um dedo no queixo, inclinar a cabeça à direita e à esquerda para ter certeza de que o quadro estava reto. Sihem tinha um agudo senso do detalhe. Não deixava nada ao acaso e podia ficar horas me perguntando a respeito do lugar de uma tela ou da prega de uma cortina. Da sala à cozinha, de peça em peça, tenho a sensação de que sigo seus traços. Cenas quase reais substituem as lembranças. No sofá de couro, Sihem descansa. Ali, aplica delicadas camadas de esmalte nas unhas. Cada recanto guarda um pouco da sua sombra, cada espelho reflete um salpico da sua imagem, cada dobra é dela que fala. Só preciso estender a mão para colher um sorriso, um suspiro, uma voluta de seu perfume... *Queria que você me desse uma filha,* lhe dizia eu nos inícios de nossos amores... *Loira ou morena?* fazia ela, enrubescendo... *Quero-a saudável e bela. A cor de seus olhos ou do cabelo pouco me importa. Quero que tenha tudo do seu olhar e as suas covinhas para que ao sorrir seja seu retrato inteiro...* Chego à sala do primeiro andar, vestida de veludo grená, com cortinas leitosas nas janelas e duas poltronas imponentes sobre um belo tapete persa que vela uma mesa de aço e vidro.

Uma grande estante de cerejeira investe toda uma ala, de um lado a outro, repleta de livros arrumados com cuidado e de lembranças recolhidas em países longínquos. Essa peça era nossa torre de marfim, minha e de Sihem. Ninguém mais era convidado a ela. Era nosso recanto íntimo, nosso retiro dourado. Vínhamos às vezes comunicar nossos silêncios e reciclar nossos sentidos embotados pelos sons de todos os dias. Pegávamos um livro ou escutávamos uma música, e pronto, eis-nos longe de tudo. Líamos tanto Kafka quanto Khalil Gibran e ouvíamos com a mesma gratidão Oum Kalsoum ou Pavarotti... Súbito, meu corpo se arrepia da cabeça aos pés. Sinto seu sopro na minha nuca, denso, quente, ofegante, certo de que bastaria eu me voltar para deparar com ela, surpreendêla em pé no balé tumultuoso de suas ondas, resplandecente, os olhos imensos, mais bela que em meus sonhos mais loucos...

Não me volto.

Deixo a sala recuando, até que meu sopro se perca na corrente de ar, volto a meu quarto e acendo todos os abajures e todas as lâmpadas para conjurar as penumbras, tiro a roupa, fumo um último cigarro, engulo dois tranqüilizantes e escorrego para a cama.

Sem apagar a luz.

No dia seguinte, surpreendo-me na sala de cima, o rosto contra o vidro, a espiar o nascer do sol. Como voltei a esse lugar assombrado? Por minha vontade ou sonâmbulo? Não faço idéia.

O céu de Tel-Aviv ultrapassa a si mesmo; nem um pedaço de nuvem à vista. A Lua está reduzida a um fragmento. As últimas estrelas da noite apagam-se docemente na opalescência do sol levante. Do outro lado do portão, o vizinho da frente esfrega o pára-brisa de seu carro. É sempre ele o primeiro a levantar no quarteirão. Gerente de um dos restaurantes mais chiques da cidade, faz questão de ir ao mercado bem cedo, antes de seus concorrentes. Acontecia às vezes de trocarmos uns cumprimentos no escuro, ele preparando-se para as compras e eu chegando do hospital. Desde o atentado, comporta-se como se eu nunca tivesse existido.

O vidraceiro chega por volta das 9 horas, em uma perua descolorida. Assistido por dois jovens cheios de espinhas, descarrega seu material e suas placas de vidro com a precaução de quem manuseia fogos de artifício. Avisa-me que o carpinteiro não vai demorar a vir. Este chega, de fato, alguns instantes mais tarde, a bordo de uma caminhonete coberta com um toldo.

É um homenzarrão ressequido, do rosto estragado e de olhar grave. Mal-ajambrado num macacão gasto até o ultimo fio, pede para ver as janelas quebradas. O vidraceiro encarrega-se de mostrá-las. Continuo no térreo, sentado em uma poltrona, tomando café e fumando. Por um momento, pensei desenferrujar as pernas e o espírito num pequeno parque não muito longe de casa. O tempo está bonito e o sol cobre de ouro as árvores em volta — o risco de que um encontro desagradável estrague meu dia me faz desistir.

Naveed Ronnen telefona perto das 11 horas. Nesse meio-tempo, o carpinteiro levou em sua caminhonete as janelas que precisa consertar na oficina. O vidraceiro e seus dois assistentes subiram ao primeiro andar e não se nota que estão ali.

— Por onde andou, amigo? — pergunta Naveed, contente de me achar do outro lado da linha. — Amnésico ou só distraído? Vai, volta, desaparece, reaparece, e nem lembra de ligar para o caro amigo para dizer por onde anda.

— E como eu poderia? Você mesmo está dizendo que eu não paro quieto num lugar.

Ele ri.

— Isso não é desculpa. Eu também tenho o bicho no corpo, mas minha mulher sabe exatamente onde me encontrar quando quer. Foi tudo bem em Jerusalém?

— Como sabe que eu estava em Jerusalém?

— Sou tira... *(e deu uma risadinha)*. Liguei para Kim e Benjamin atendeu. Foi ele quem me disse onde estavam.

— E quem disse que eu estava de volta?

— Telefonei a Benjamin e foi Kim quem atendeu... Está bem assim?... Bom, estou telefonando porque

Margaret ficaria contente se viesse jantar aqui em casa. Faz um século que ela não vê você.

— Não esta noite, Naveed. Tenho uns trabalhos para fazer em casa. Estou aqui, aliás, com uma equipe de vidraceiros, e um carpinteiro passou logo cedo.

— Então, amanhã.

— Não sei se vou ter terminado até amanhã.

Naveed raspa a garganta, reflete, e depois propõe:

— Se tem muito trabalho, posso mandar alguma ajuda.

— São só pequenos consertos. Já tem gente demais aqui.

Naveed raspa de novo a garganta. É um tique sempre provocado a cada vez que fica embaraçado.

— Não vão passar a noite aí, imagino?

— Não, mas é como se fossem. Obrigado por ter telefonado, e mande minhas lembranças a Margaret.

Por volta do meio-dia, Kim não tendo se manifestado, compreendo que ela passou por Naveed para ver se eu continuava neste mundo.

O carpinteiro devolve minhas janelas, instala-as sozinho, verifica na minha presença que estejam funcionando a contento. Faz-me assinar uma fatura, embolsa o dinheiro e retira-se, a bituca apagada no canto da boca. O vidraceiro e seus aprendizes já se foram há muito tempo. Reencontro minha casa, sua paz de convalescente e os mistérios de suas penumbras; subo à sala do andar de cima para enfrentar meus fantasmas. Nada se mexe pelos cantos. Enfio-me em uma poltrona, em frente à janela consertada, e olho a noite cair como um cutelo sobre a cidade, ensangüentando o horizonte.

Sihem sorri num porta-retratos em cima do aparelho de som. Tem um olho maior que o outro, quem sabe por causa de seu sorriso forçado. Sempre se sorri ao fotógrafo, quando ele é persuasivo — mesmo quando o coração não quer. É uma foto antiga, uma de suas primeiras fotos depois do casamento. Lembro que era para um passaporte. Sihem não fazia questão de viajar muito longe em nossa lua-de-mel. Sabia que meus meios eram modestos e preferia investir num apartamento menos lúgubre que aquele que ocupávamos na periferia.

Levanto-me e vou olhar o retrato de mais perto. À minha esquerda, sobre uma prateleira repleta de discos, um álbum de fotos com a capa forrada de couro. Pego-o, quase maquinalmente, volto à poltrona e me ponho a folheá-lo. Não sinto nenhuma emoção particular. É como se folheasse uma revista esperando a vez num consultório de dentista. As fotos desfilam sob meus olhos, cativas do instante em que foram tomadas, frias como o papel brilhoso que as narram, desprovidas de qualquer carga afetiva suscetível de me enternecer... Sihem debaixo de um guarda-sol, o rosto oculto por enormes óculos escuros, em Charm el-Cheikh; Sihem nos Champs-Elysées, em Paris; nós dois posando ao lado de um guarda de Sua Majestade britânica; com meu sobrinho Adel no jardim; numa noitada mundana, por ocasião de uma recepção em minha homenagem; com sua avó na fazenda de Kafr Kanna; seu tio Abbas com botas de borracha, a lama pelos joelhos; Sihem na frente da mesquita de seu bairro natal em Nazaré... Continuo a folhear as lembranças, sem me demorar muito nelas. É como se virasse as páginas de uma vida anterior, de um assunto resolvido... Uma foto me interpela. É uma foto de meu sobrinho Adel, rindo, as mãos nos quadris, diante de uma mesquita em Nazaré. Volto atrás, até aquela de Sihem posando diante da mesquita de sua infância. É uma foto recente, de menos de um ano; sei disso por causa da bolsa que comprei em seu aniversário, em janeiro último. À direita, vê-se o capô de um carro vermelho e um menino acocorado diante de um cachorrinho. Volto à foto de Adel. O carro vermelho é o mesmo, o menino e o cachorro também. Duas fotos, portanto, tiradas no mesmo momento, uma para cada figurante. Levo um certo tempo para admitir. Sihem ia regularmente a Nazaré quando estava na casa da avó. Adorava sua cidade natal. Mas, e Adel?... Não me lembro de tê-lo encontrado por ali. Não era seu meio. Vinha sempre nos ver em Tel-Aviv quando seus negócios o tiravam de Belém, mas daí a imaginá-lo em Nazaré... Meu coração se contrai. Uma vago mal-estar toma conta de mim. As duas fotos me atemorizam. Tento encontrar uma desculpa, uma explicação, uma hipótese. Em vão. Minha mulher nunca saía com alguém próximo sem que eu soubesse. Sempre me dizia onde esteve, quem tinha encontrado, para quem telefonou. É verdade que gostava de Adel, por seu humor e sua espontaneidade, mas que ela o encontrasse fora de casa, em outro lugar que não Tel-Aviv, e nem me contasse, não era coisa de seu feitio.

A coincidência me consome. Me pega no restaurante, estraga meu jantar. Intercepta-me na minha casa. Mantém-me desperto apesar de dois soníferos... Adel, Sihem... Sihem, Adel... O ônibus Tel-Aviv-

Nazaré... *Ela argumentou uma urgência e desceu do ônibus para subir num carro que seguia atrás... Um Mercedes de modelo antigo, cor creme*. Idêntico àquele que vi no pátio abandonado, em Belém... *Pertence a Adel*, confiou-me orgulhosamente Yasser... Sihem em Belém, última escala antes do atentado... Coincidências demais não podem ser mero acaso, diz o ditado.

Empurro o lençol. O despertador indica 5 horas da manhã. Visto-me, pego meu carro e corro em direção a Kafr Kanna.

Não encontro ninguém na fazenda. Um vizinho me informa que a avó de Sihem foi levada ao hospital de Nazaré e seu sobrinho Abbas está com ela. No hospital, não me deixam ver a paciente, transportada com urgência ao centro cirúrgico. Hemorragia cerebral, informa uma enfermeira. Abbas está na sala de espera, meio adormecido sobre um banco. Nem se levanta ao me ver. É de sua natureza: duro na queda quanto um velho mosquete. Solteiro aos cinqüenta e cinco anos, nunca deixou a fazenda, desconfia das mulheres e dos moradores das cidades, que evita como a peste, e prefere morrer de trabalhar ao longo dos dias a sentar-se à mesa o tempo de uma refeição que seja com alguém que não recenda ao sulco do labor e ao suor da testa. É um rústico talhado num carvalho, os lábios incisivos e uma cabeça dura. Usa suas botas sujas de lama, a camisa rala nas axilas pela transpiração e uma calça áspera e horrível que parece ter sido cortada num pedaço de lona. Explica-me sucintamente que encontrou a avó no chão, a boca aberta, que está ali há horas e que esqueceu de soltar os cães. O acidente mais o transtorna que o emociona.

Esperamos na sala até que um médico venha nos anunciar o fim da cirurgia. O estado da avó é estável, mas as possibilidades de cura são mínimas. Abbas pede permissão para voltar à fazenda.

— Preciso dar de comer às galinhas — resmunga ele sem realmente interessar-se pelo relatório do médico.

Salta em sua caminhonete enferrujada e corre a Kafr Kanna. Sigo-o em meu carro. Só quando termina de cumprir todas as diversas tarefas da fazenda, isto é, no fim do dia, é que percebe que ainda estou ali.

Reconhece ter visto várias vezes Sihem em companhia do rapaz da foto. A primeira vez, quando voltou ao cabeleireiro para lhe devolver a carteira que ela esqueceu no banco da caminhonete. Foi então que surpreendeu Sihem discutindo com o rapaz. De início, Abbas não pensou nada de mau. Mas, depois, vendo-os juntos em vários lugares, começou a desconfiar. Quando o rapaz da foto teve a ousadia de se apresentar pelos lados da fazenda, Abbas ameaçou cortar sua cabeça com uma pá. Sihem tinha levado a mal o incidente. Depois disso, nunca mais pôs os pés em Kafr Kanna.

— Não é possível — digo-lhe. — Sihem passou os dois *Aïds* com sua avó.

— Ela nunca mais voltou depois que corrigi o safado, estou dizendo.

Enchendo-me de coragem, pergunto a ele qual era a natureza das relações entre minha mulher e o rapaz da foto. Primeiro espantado pela ingenuidade da minha pergunta, ele me mede com uma cara zangada e mal-humorada:

— Quer que eu faça um desenho ou o quê?

— Tem uma prova, pelo menos?

— Há sinais que não enganam. Não precisava surpreendê-los nos braços um do outro. Esse jeito de andar por aí se esgueirando já me basta.

— Por que não me disse nada?

— Porque você não perguntou nada. Só me ocupo dos meus alfinetes.

Nesse exato instante, detestei-o como jamais detestei alguém em minha vida.

Volto a meu carro e dou a partida sem um olhar ao retrovisor. O pé fundo no acelerador, não vejo aonde vou. Se uma curva me pegasse ou se eu engatasse em cheio na traseira de algum caminhão, não teria importância. Acho que é exatamente o que quero, mas a estrada está cruelmente deserta. *Quem sonha demais esquece de viver*, dizia minha mãe a meu pai. Meu pai não a escutava. Não percebia a desilusão da amante nem a solidão de companheira. Havia como um diafragma invisível entre os dois, tão fino como uma lente de vidro, que os mantinha afastados um do outro. Meu pai só tinha olhos para sua tela, sempre a mesma, que pintava inverno e verão, sobrecarregava de cores e traços até que desaparecesse debaixo dos retoques, e depois a reproduzia tal e qual em outro cavalete, sempre o mesmo, no mais ínfimo detalhe, certo de elevar sua *Madona algemada* ao pé da *Gioconda*, certo de que ela lhe abriria os horizontes e cobriria de louros as prestigiosas salas onde seria exposta. Era porque tinha a vista cheia dessa consagração impossível que não observava mais nada a sua volta, nem as frustrações de uma esposa desprezada nem a cólera de um patriarca decadente... Foi, talvez, o que me aconteceu com Sihem. Era ela minha tela, minha consagração maior. Só via as alegrias que me propiciava e não suspeitava de nenhuma de suas dores, nenhuma de suas fragilidades... Eu não a vivia de verdade — de outro modo, eu a teria idealizado menos, isolado menos. Como poderia tê-la vivido, penso agora, se não parei de *sonhá-la*?

# 13

*Senhor Jaafari*, chama alguém através de uma interminável enfiada de galerias subterrâneas... *Senhor Jaafari*... A voz cavernosa dilui-se nos meus balbucios, vai e vem num leitmotiv insondável, às vezes repetitivo, às vezes temeroso. Uma voragem me aspira, me engole; reviro-me em marcha lenta nas trevas. Depois a voz me alcança, tenta me trazer à superfície... *Senhor Jaafari*... Um traço risca a opacidade, queima meus olhos como um florete incandescente.

— Senhor Jaafari...

Recobro-me, a cabeça aferroada.

Um homem está debruçado sobre mim, uma mão atrás das costas, a outra suspensa a alguns centímetros da minha testa. Seu rosto emaciado que um queixo afunilado prolonga não me diz nada. Tento situar-me. Estou deitado numa cama, a garganta seca, o corpo desarticulado. O teto, no alto, ameaça tragarme. Fecho os olhos para conter o balanço inebriante que me enjoa, esforço-me por recuperar meus sentidos, reencontrar minhas marcas. Lentamente reconheço à minha frente a reprodução barata dos *Girassóis* de Van Gogh, o papel de parede esmaecido, a janela triste que dá sobre os tetos de uma fábrica...

— O que está acontecendo? — pergunto, erguendo-me sobre um cotovelo.

— Acho que está doente, senhor Jaafari.

Meu cotovelo escapa e eu caio sobre o travesseiro.

— Está neste quarto há dois dias e não saiu daqui nem uma vez.

— Quem é o senhor?

— O gerente do hotel, senhor. A mulher da limpeza...

— O que o senhor deseja?

— Ter certeza de que o senhor está bem.

— Por quê?

— Chegou aqui há dois dias. Reservou este quarto e nele se trancou a sete chaves. Alguns de nossos clientes já fizeram o mesmo, mas...

— Estou bem.

O gerente se endireita, obsequioso. Não sabe como deve entender minha resposta, contorna a cama e vai abrir a janela. Uma lufada de ar fresco espalhase pelo cômodo, me açoita. Respiro fundo até que o sangue pulse em minhas têmporas.

O gerente alisa a coberta a meus pés com um gesto maquinal. Considera-me com atenção, pigarreia com a boca protegida pela mão e diz:

— Temos um bom médico, senhor Jaafari. Se quiser, podemos chamá-lo.

— Eu sou médico — digo tolamente, saindo da cama.

Meus joelhos se entrechocam; não consigo ficar em pé e me deixo cair na beira da cama, as faces nas mãos. O gerente está incomodado com minha nudez que uma cueca tenta minimizar. Resmunga alguma coisa que não entendo e deixa o quarto recuando para trás.

Minhas idéias voltam a seu lugar, uma a uma; a memória me vem inteira, de uma vez. Lembro-me de ter deixado Kafr Kanna a toda a pressa, de levar uma multa por excesso de velocidade na altura de Afula e depois de ter rodado até Tel-Aviv em uma espécie de inconsciência. A noite me pegou no momento em que atravessei a entrada da cidade. Parei no primeiro hotel da estrada. Não queria ir ao encontro das mentiras de uma vida inteira. Durante o trajeto, só fiz imprecar contra o mundo e contra mim mesmo, o pé fundo no acelerador, vibrando no cantar feroz dos pneus que retiniam em mim como os uivos apocalípticos de uma hidra. Era como se eu tentasse obstinadamente atravessar a barreira do som, pulverizar o ponto do não-retorno, desintegrar-me, reduzir a pó meu amor-próprio. Nada mais me parecia capaz de me reter em algum lugar, qualquer lugar, de me reconciliar com o dia de amanhã. Qual amanhã? Pode haver vida depois do perjúrio, ressurreição depois da afronta? Sentia-me tão diminuído e tão ridículo que só a idéia de me condoer da minha própria sorte teria acabado comigo ali mesmo. Quando a voz de Abbas me alcançava, eu fazia o motor cantar ainda mais alto, até quase estourar. Não queria escutar nada, fora os rangidos das rodas nas curvas fechadas e o fel que vai me devorando com a voracidade de um banho de ácido. Não encontrava desculpas para mim nem as buscava — não merecia nenhuma. Entregava-me por inteiro à indignação que me tomava, que queria que eu a encarnasse até a raiz dos meus cabelos, até a ponta das minhas unhas.

O hotel é miserável. Sua placa de néon já se fora. Reservo um quarto como quem se reserva dos sofrimentos. Saindo de uma ducha pelando, fui comer em um restaurantezinho ali perto e, depois, me embebedar copiosamente num bar sórdido. Levei horas para achar o caminho de volta. No quarto, afundo rapidamente no abismo.

Preciso apoiar-me à parede para chegar ao banheiro. Meus membros só me obedecem pela metade. A náusea me assola, minha vista se embaralha, o jejum me lamina; tenho a impressão de que me movo sobre uma nuvem. Dois dias dormindo nesse quarto fétido, sem sonhos e sem lembranças; duas noites a me decompor em lençóis que são um abraço de mortalha... Meu Deus! Em que estou me transformando?

O espelho me devolve um rosto atormentado, ainda mais desfigurado pela barba por fazer. Olheiras esverdeadas destacam o branco dos meus olhos, cavando mais fundo minha face. Pareço um demente saindo do delírio.

Refresco-me na torneira mesmo, longamente, deslizo sob a ducha e fico imóvel debaixo do jato de água o tempo suficiente para recuperar ao menos uma aparência de equilíbrio.

O gerente vem bater novamente à minha porta para se certificar de que eu não recaí no coma etílico.

Fica aliviado ao me ouvir resmungando e se vai com um passo silencioso. Visto-me e, ainda zonzo, deixo o hotel para ir comer.

Dormi sobre o banco de um pequeno parque ensolarado, embalado pelo som da folhagem batida pelo vento.

Quando acordei, a noite tinha caído. Não sei para onde ir, o que fazer das minhas solidões. Esqueci o celular em casa, meu relógio também. Tenho medo, de repente, de ver-me frente a frente comigo mesmo. Não tenho mais confiança no homem que não viu sua infelicidade aproximar-se. E tampouco me sinto preparado a suportar o olhar dos outros. Por sorte esqueci o celular, digo a mim mesmo. Não posso me imaginar conversando com ninguém no estado em que me encontro. Kim poderia agravar ainda mais minha ferida; Naveed poderia me oferecer o pretexto indevido. O silêncio, contudo, me mata. Nessa praça deserta de gente, sinto-me sozinho no mundo, semelhante a um dejeto abandonado pelas vagas numa margem funesta.

Volto ao hotel, percebo que esqueci minha bolsa e meus comprimidos. O telefone, na mesa-de-cabeceira, me encara. Mas, a quem telefonar? E que horas são? O cômodo está saturado da minha respiração ofegante. Não estou bem; sinto-me deslizando inexoravelmente para algum lugar...

Volto para a rua. Subitamente. Não lembro como deixei o hotel, não sei desde quando caminho a esmo pelo bairro. Nem uma janela iluminada no entorno. Só o ruído de um motor corre ao longe e a noite retoma seus direitos sobre aquilo que dorme... Uma cabine telefônica, ali adiante, perto do quiosque. Meus passos me conduzem à força; minha mão retira o fone do gancho; meus dedos discam um número. Para quem estou ligando? O que vou dizer? A campainha soa no fim da linha, cinco, seis, sete vezes. Um clique, e uma voz sonolenta pragueja... "Alô? Quem é? Tem idéia de que horas são? Eu trabalho amanhã..." Reconheço a voz de Yasser. Estou surpreso de ouvi-lo do outro lado do fio. Por que ele?

— É Amin, aqui...

Um silêncio, e depois a voz sincopada de Yasser que cresce:

— Amin? É grave?

— Onde está Adel? — escuto-me perguntando a ele.

— Como vou saber? Certamente onde o mandam seus negócios. Faz semanas que não o vejo.

— Vai me dizer onde ele está ou vou precisar ir esperá-lo aí na sua casa?

— Não — exclama ele —, não venha a Belém. Os caras daquele outro dia andam atrás de você. Dizem que você os enrolou, que trabalha para Shin Beth.

— Onde está Adel, Yasser?

Outro silêncio, mais longo que o precedente, depois Yasser solta, exacerbado:

— Em Janin... Adel está em Janin.

— Não é o lugar mais apropriado para investir em uma empresa, Yasser. Janin está debaixo de fogo e sangue.

— Escute, eu garanto a você que pelas últimas notícias que tive ele estava em Janin. Não tenho razão nenhuma para mentir. Aviso assim que ele voltar, se quiser... Posso saber do que se trata? O que está acontecendo, meu filho, para você me telefonar uma hora destas?

Desligo.

Não sei por quê, mas me sinto um pouco melhor.

O vigia não está contente de ser tirado da cama às três horas da manhã — o hotel fecha à meia-noite e eu esqueci o código de entrada. É um jovem esquálido, provavelmente um universitário que passa suas noites velando o sono dos outros para financiar seus estudos. Abre a porta para mim sem entusiasmo, procura minha chave e não a encontra em lugar nenhum.

— O senhor tem certeza de que a entregou antes de sair?

— E para que eu ia ficar carregando uma chave?

Ele mergulha atrás do balcão da recepção, revolve a papelada e as revistas espalhadas em volta de um fax e de uma fotocopiadora, levanta-se, gagueja.

— Estranho.

Ele reflete, tentando lembrar-se de onde estão as cópias, não consegue acordar direito.

— Procurou com o senhor?

— Já falei que não está comigo — digo, levando as mãos ao bolso.

Meu braço paralisa-se: a chave está no meu bolso. Retiro-a com um gesto confuso. O vigia retém um suspiro, visivelmente irritado. Contém-se e me deseja uma boa noite.

O elevador está quebrado. Escalo uma escadaria estreita até o quinto andar, para me dar conta de que meu quarto fica no terceiro. Volto atrás.

Não acendo as luzes.

Tiro a roupa, me estiro na cama sem desfazer as cobertas, fixo o teto que, pouco a pouco, me suga como um buraco negro.

Depois do quinto dia, dou-me conta de que minhas faculdades me abandonam uma a uma. Meus reflexos adiantam-se às minhas intenções, meus desajeitamentos os agravam. De dia, fico enclausurado no quarto, enfiado na cadeira ou estendido na cama, os olhos revulsados como se buscasse pegar pelo avesso minhas intenções ocultas, pois estranhas idéias me assediam sem trégua — penso em confiar a venda da minha casa a uma imobiliária, colocar uma cruz no passado e exilar-me na Europa ou então nos Estados Unidos... De noite, saio como um predador à cata das espeluncas de má fama, certo, nesse canto onde nunca tinha posto os pés, de não encontrar algum conhecido nem algum colega de antes. A penumbra desses bares poluídos de fumaça e de eflúvios rançosos me insufla um estranho sentimento de invisibilidade. Apesar da promiscuidade de bêbados desfeitos e mulheres de olhar enfeitiçado, ali ninguém presta atenção em mim. Retiro-me a um canto, onde as moças não se aventuram jamais, e bebo tranqüilamente até que venham me avisar que é hora de fechar. Vou-me, então, curar a bebedeira no mesmo parque de sempre, no mesmo banco, e só volto ao hotel quando é madrugada.

Um dia, em uma lanchonete, tudo me escapa. A cólera, que eu incubava havia alguns dias, termina por me vencer. Eu esperava por isso. Com a suscetibilidade à flor da pele, eu sabia que cedo ou tarde ela acabaria me pegando. Já minha linguagem se tornara brutal, minhas respostas, ríspidas; faltava-me paciência, reagia muito mal quando um olhar pousava em mim. Não havia dúvida, eu me tornava alguém bem diferente de mim, um outro, imprevisível e fascinante ao mesmo tempo. Mas esta noite, na lanchonete, vou mais longe. Logo de saída, não gostei do lugar onde me instalaram. Queria um canto discreto, mas não havia mais mesas disponíveis. Reclamei, e depois cedi. A garçonete me informa que o fígado grelhado acabou. Parece sincera, mas seu sorriso me desagrada.

— Eu quero fígado grelhado — teimei.

— Sinto muito, senhor, mas não tem mais.

— Virem-se. Não tenho nada a ver com isso. Li no cardápio ali fora que serviam fígado grelhado, foi por isso que entrei, e não por outra coisa.

Meus gritos interrompem o tilintar dos talheres. Os clientes voltam-se em minha direção.

— Por que estão me olhando assim? — berro.

O gerente acorre prontamente. Usa toda a sua habilidade profissional para me acalmar; sua cortesia de fachada provoca ainda mais meus demônios. Exijo que me tragam fígado grelhado imediatamente. Uma ressaca de indignação sobe no salão. Alguém sugere com todas as letras que me ponham para fora. É um senhor de certa idade com aparência de tira ou então um militar à paisana. Convido-o a me pôr para fora ele mesmo. Ele aceita com gosto e me pega pelo pescoço. A garçonete e o gerente opõem-se ao brutamontes. Uma cadeira vira com um estrondo e depois o barulho dos móveis se arrastando soma-se às invectivas. A polícia chega. O oficial é uma moça loira, de vastos seios, com um nariz grotesco e olhos ardentes. O brutamontes explica como a situação degenerou. Suas declarações são reforçadas pelo testemunho da garçonete e de boa parte da clientela. A moça de uniforme me faz sair à rua, me pede os documentos. Recuso-me a apresentá-los.

— Está completamente bêbado — resmunga um policial.

— Vamos levá-lo — decide a oficial.

Eles me empurram para um carro e me conduzem à delegacia mais próxima. Ali, sou obrigado a apresentar meus documentos todos; esvaziam meus bolsos e me trancafiam numa cela onde dois bêbados roncam profundamente.

Uma hora mais tarde, um policial vem me buscar. Leva-me com ele para recuperar minhas coisas no guichê e me reconduz à recepção. Lá está Naveed Ronnen, apoiado contra o balcão, a fisionomia desfeita.

— Olha só, meu gênio do bem! — exclamo, desagradável.

Naveed dispensa o policial com um sinal da cabeça.

— Como soube que eu estava em cana? Colocou os caras nos meu encalço ou o quê?

— Nada disso, Amin — diz ele com uma voz cansada. — Estou aliviado de ver você inteiro. Esperava pelo pior.

— Como o quê, por exemplo?

— Um seqüestro, ou então um suicídio. Há dias estou atrás de você. Assim que Kim me disse que você tinha sumido, comuniquei aos postos de polícia e aos serviços hospitalares suas coordenadas e sua filiação. Por onde andou, cara?

— Isso não importa... Posso ir? — pergunto ao oficial atrás do balcão.

— O senhor está livre, senhor Jaafari.

— Obrigado.

Um vento quente varre a rua. Dois tiras discutem, fumando, um apoiado contra o muro da delegacia, o outro sentado no estribo de um camburão.

O carro de Naveed está estacionado na calçada da frente, o pisca-alerta aceso.

— Aonde vai assim? — pergunta ele.

— Desenferrujar as pernas.

— Está tarde. Não quer que eu deixe você em casa?

— Meu hotel não está longe...

— Hotel? Como assim? Não sabe mais o caminho de casa?

— Estou muito bem no hotel.

Naveed passa uma mão pelo rosto, atarantado.

— E onde fica esse tal hotel?

— Eu tomo um táxi.

— Não quer que eu deixe você lá?

— Não se incomode. Além do mais, preciso ficar sozinho.

— Devo entender que...

— Não há nada para entender — corto-o. — Preciso ficar sozinho, é tudo, ponto final. E é bem claro.

Naveed me alcança no fim da rua. Precisa passar na minha frente para barrar meu caminho.

— Não é certo o que está fazendo, Amin, garanto a você. Se visse o estado em que está...

— Estou fazendo algo errado, hein? Me diga o que eu fiz de mal... Seus colegas foram imundos, se quer saber. São uns racistas. Foi o outro quem começou, mas eu é que levo, porque tenho o tipo apropriado. Não é porque estou saindo de uma delegacia que pode me criticar. Já vi o bastante por esta noite. Agora, só quero voltar para o meu hotel. Não estou pedindo que me dêem a Lua, merda! Que mal há em querer estar só?

— Nenhum — diz Naveed, pousando a mão contra meu peito para me impedir de avançar. — Salvo que você pode se machucar, assim sozinho. Vamos, Amin, precisa se recuperar. Você está quase pirando. E está errado se pensa que está sozinho. Ainda tem amigos com quem pode contar.

— Será que posso contar com você?

Minha pergunta surpreende-o.

Abre os braços e diz:

— Claro.

Olho-o de cima a baixo. Seus olhos não se desviam, só uma veia palpita na ponta da maçã do seu rosto.

— Quero passar do outro lado do espelho — resmungo —, do outro lado do Muro.

Franze a sobrancelha, curva-se para me olhar de mais perto.

— Na Palestina?

— É.

Esboça um ligeiro muxoxo, volta-se para os dois tiras que nos observam com o rabo do olho.

— Pensava que tinha resolvido esse problema.

— Eu também pensava.

— E o que fez você mudar de idéia?

— Digamos que é uma questão de honra.

— A sua está intacta, Amin. Não somos culpados dos erros que nos impingem, mas dos erros que cometemos.

— Dura de engolir, a pílula.

— Não é obrigado.

— É aí que você se engana.

Naveed segura o queixo entre o indicador e o polegar, a testa franzida. Não consegue me imaginar na Palestina, no meu estado depressivo, e busca um meio mais sutil de me dissuadir.

— Não seria uma boa idéia — diz ele, curto de argumentos.

— Não tenho outras.

— Quer ir para onde, exatamente?

— Janin.

— A cidade está em estado de sítio — me avisa.

— Eu também... Não respondeu à minha pergunta. Posso contar com você?

— Suponho que nada fará você escutar a voz da razão.

— É o quê, a razão?... Posso contar com você, sim ou não?

Está aflito e incomodado ao mesmo tempo.

Remexo nos meus bolsos, encontro um maço de cigarros amassado, tiro um e levo-o à boca. Percebo que meu isqueiro não está mais comigo.

— Não tenho fogo — desculpa-se Naveed. — Devia parar de fumar.

— Posso contar com você?

— Não vejo como. Vai a um território minado onde eu não exerço nenhuma autoridade e onde minha gente não é reconhecida. Ignoro o que você quer provar. Não há nada para você por ali, Amin. Aquilo é tiro para todos os lados e as balas perdidas fazem mais estrago que os exércitos em luta. Vou dizer uma coisa a você: Belém é uma estação balneária, perto de Janin.

Percebe seu ato falho, tenta corrigir — tarde demais. Sua última frase explode em mim como um torpedo. Meu pomo-de-adão fecha secamente minha garganta quando eu o acuo:

— Kim prometeu não dizer nada e ela sempre manteve a palavra. Se não foi ela quem contou, como sabe que estive em Belém?

Naveed está aborrecido, e é só. Seu rosto não trai nenhuma flexão interna.

— O que teria feito em meu lugar? — diz ele, exasperado. — A mulher do meu melhor amigo é uma kamikaze. Nos pegou a todos desprevenidos, seu marido, seus vizinhos, seus próximos. Você queria saber como e por quê? É direito seu. Mas também é meu dever.

Espanto-me.

Estou indignado.

— Mais essa agora! — digo.

Naveed tenta aproximar-se. Levanto as duas mãos para lhe suplicar que fique onde está, entro na primeira ruela e me afundo na noite.

# 14

Em Janin, a razão parece ter perdido os dentes e renunciado a qualquer prótese suscetível de lhe devolver o sorriso. Aliás, ali ninguém mais sorri. O bom humor de antigamente içou velas desde que as mortalhas e os estandartes vão de vento em popa.

— E ainda tem mais, você não viu nada — diz Jamil, como se lesse meus pensamentos. — O inferno é só um hospício perto do que acontece por aqui.

Já vi porém muita coisa desde que passei para o outro lado do Muro: povoados em estado de sítio; controles militares em cada linha de defesa; estradas margeadas de carros carbonizados, fulminados pelos mísseis teleguiados dos dois lados; esses condenados todos esperando sua vez, e tantas vezes sendo rejeitados; soldados ainda imberbes que perdem a paciência por um nada e batem sem dó; mulheres que protestam, mas só têm suas mãos feridas a cpor às coronhadas; jipes atravessando as planícies e outros escoltando os colonos judeus ao local de trabalho como num campo minado...

— Há uma semana — acrescenta Jamil —, isto aqui era o fim do mundo. Já viu tanques respondendo às revoltas, Amin? Muito bem, em Janin, carros blindados abriram fogo em cima de crianças que atiravam pedras, era o que tinham. Golias contra Davi a cada canto de rua.

Eu estava a mil léguas de imaginar que o estado de decomposição era tão avançado. Que as esperanças eram tão mal aquinhoadas. Não ignorava as animosidades que corroíam as mentes de um lado e do outro e conhecia a teimosia que ostentavam os beligerantes, recusando o entendimento, atentos apenas ao rancor assassino; mas ver o insustentável, com meus próprios olhos, é um trauma. Em Tel-Aviv, eu vivia em outro planeta. Minhas viseiras impediam-me de enxergar a essência do drama que devora meu país; as honras que me concediam ocultavam o verdadeiro teor dos horrores em via de transformar a Terra bendita de Deus em uma inextricável latrina onde se estagnam, as tripas expostas, os valores que fundam a própria humanidade, onde os incensos cheiram tão mal como as promessas abandonadas, onde o fantasma dos profetas esconde o rosto a cada prece malbaratada no tinir das culatras e nos gritos de intimidação.

— Não podemos ir mais longe — adverte Jamil. — Estamos praticamente na linha de demarcação. A partir do pátio demolido à esquerda, é campo de tiro.

Mostra-me um monte de pedregulhos enegrecidos.

— Dois traidores foram executados pela Jihad Islâmica, sexta-feira passada. Seus corpos ficaram expostos ali. Inchados como balões.

Olho à minha volta. As ruas parecem evacuadas. Só se vê uma equipe de televisão estrangeira, filmando os escombros, sob a guarda bem próxima de guias armados. Um 4X4 surge não se sabe de onde, carregado de kalachnikovs, avança direto e desaparece numa curva em um horrível ranger de pneus; a nuvem de poeira que deixa atrás de si leva muito tempo para se dissipar.

Tiros estrondam não muito longe, e depois a calmaria sem vida, frustrante.

Jamil dá marcha a ré até um cruzamento, escruta uma rua silenciosa, pesa o pró e o contra e decide não correr riscos inúteis.

— Não é bom sinal — diz ele —, nada bom. Não vejo os milicianos das brigadas de al-Aqsa. De hábito, sempre há uns três ou quatro por aqui, para nos orientar. Se não tem ninguém, é que uma armadilha deve estar montada no pedaço.

— Onde mora seu irmão?

— A uns duzentos metros dessa mesquita. Está vendo aquelas casas destelhadas à direita? É bem atrás. Mas, para chegar até lá, precisamos atravessar o bairro, e isto aqui está infestado de franco-atiradores isolados. O mais duro já passou, mas a coisa continua quente. Os soldados de Sharon ocupam boa parte da cidade e controlam a sete chaves os principais acessos. Não nos deixarão nem chegar perto, com medo de carros-bomba. E nossos milicianos estão nervosos demais: primeiro atiram, depois é que vão verificar quem era. Escolhemos um mau dia para visitar Khalil.

— O que você sugere?

Jamil passa a língua sobre os lábios azuis.

— Não sei. Não previ isso.

Voltamos pelo mesmo caminho até outro cruzamento, damos com dois carros da Cruz Vermelha, que seguimos à distância. Um obus explode ao longe, depois o segundo. No céu poeirento, um par de helicópteros zumbe, os foguetes preparados. Avançamos atrás das duas ambulâncias, cautelosamente. Quarteirões inteiros foram arrasados pelos tanques e pelos buldôzeres, ou implodidos pela dinamite. Em seu lugar, abrem-se aterradores terrenos baldios, repletos de entulho e de ferralha, que colônias de ratos ocupam, esperando consolidar seu império. Em ruínas, também as ruas de outrora, reduzidas ao silêncio, ostentando ao mundo suas fachadas estropiadas e as pichações ainda mais incisivas que as fissuras das paredes. E por todo canto, em volta dos destroços, no meio das carcaças dos carros esmagados pelos tanques, entre as paliçadas atravessadas pelas balas das metralhadoras, nas praças em sofrimento — em todo lugar, o sentimento de reviver horrores que se acreditava para sempre abolidos e mais a certeza quase certa de que os velhos demônios se tornaram tão sedutores que nenhum louco ia querer deles se desfazer.

As duas ambulâncias terminam num campo de refugiados, povoado de espectros desvairados.

— Os sobreviventes — explica Jamil. — Aquelas casas arrasadas que você viu eram as deles. Agora, amontoam-se por aqui.

Não digo nada; estou horrorizado. Minha mão treme quando pego meu maço de cigarros.

— Você me dá um?

As duas ambulâncias estacionam na frente de uma construção; mães esperam impacientes, uma penca de crianças grudadas à barra das saias. Os motoristas saltam e abrem as portas do veículo; lançam os víveres, provocando um empurra-empurra.

Jamil consegue manobrar por uma série de atalhos, dando meia-volta a cada vez que um tiro ou uma silhueta suspeita nos gela o sangue.

Atingimos enfim os bairros que foram relativamente poupados. Milicianos, uns em uniforme de combate, outros encapuzados, mantêm-se freneticamente ocupados. Jamil explica que precisa deixar seu carro numa garagem e que, a partir de agora, devemos contar com a robustez de nossas pernas.

Atravessamos intermináveis ruelas repletas de gente colérica antes de enxergar o *qurbã* de Khalil.

Jamil bate várias vezes na porta; não obtém resposta.

Um vizinho nos informa que Khalil e sua família partiram, umas horas antes, para Nabulus.

— Que azar! — exclama Jamil. — Disse para onde foi, exatamente, em Nabulus?

— Não deixou endereço... Você avisou que ia chegar?

— Não podia — diz Jamil, furioso por ter feito todo esse caminho para nada. — Janin está cortada do mundo... Posso saber por que ele foi para Nabulus?

— Porque sim, ora. O que ia ficar fazendo aqui? Estamos sem água corrente, sem eletricidade; não temos mais nada para comer e não conseguimos pregar o olho, nem de dia nem de noite. Se eu tivesse alguém em algum canto que pudesse me acolher, teria feito a mesma coisa.

Jamil me pede mais um cigarro.

— Que azar! — esbraveja. — Não conheço ninguém em Nabulus.

O vizinho nos convida a entrar, para descansarmos um pouco.

— Não, obrigado — digo eu. — Estamos com pressa.

Jamil tenta refletir, mas a decepção confunde suas idéias. Acocora-se diante da porta de seu irmão, dá umas tragadas nervosas no cigarro, as mandíbulas crispadas.

Levanta-se de um salto.

— O que vamos fazer? — diz ele. — Não posso me demorar por aqui. Preciso voltar a Ramallah e devolver o carro ao dono.

Também não sei o que fazer. Khalil era minha única referência. Pelas últimas notícias, Adel estava hospedado em sua casa. Eu esperava que me levasse a ele.

Somos primos, os três, Khalil, Jamil e eu. Não conheço bem o primeiro, dez anos mais velho que eu, mas, adolescentes, éramos bem próximos, Jamil e eu. Não nos víamos muito esses últimos tempos, por causa da incompatibilidade das nossas profissões, eu cirurgião em Tel-Aviv e ele segurança em Ramallah, mas, se acontecia de ele passar pelo meu setor, Jamil não deixava de dar um pulo em casa. É um bom pai de família, afetuoso e desinteressado. Gosta bastante de mim e guarda uma ternura inabalável de nossas cumplicidades de antigamente. Quando lhe anunciei minha visita, imediatamente pediu férias ao patrão para ficar comigo. Ele *sabe*, a respeito de Sihem. Yasser lhe contou minha tumultuada passagem por Belém e informou-o das suspeitas que pesam sobre mim, da minha suposta manipulação pelos serviços secretos israelenses. Jamil não quis saber de nada. Ameaçou-me nunca mais me dirigir a palavra se fosse me instalar na casa de qualquer outro.

Passei duas noites em Ramallah por causa do meu carro, que o mecânico não conseguiu consertar. Jamil precisou pedir ajuda a outro primo, que nos emprestou seu carro, com a promessa de que lhe devolveríamos no fim do dia. Contava me deixar na casa de seu irmão Khalil e voltar logo depois.

— Será que tem um hotel por aqui? — pergunto ao vizinho.

— Claro, mas com todos esses jornalistas, devem estar lotados. Se quiserem esperar Khalil aqui, não me incomodam. Sempre há uma cama pronta na casa do bom crente.

— Obrigado — respondo —, vamos nos virar.

Achamos um quarto disponível numa espécie de pousada não muito longe da casa de Khalil. O recepcionista pede que eu pague adiantado antes de me acompanhar ao segundo andar e me mostrar um buraco mobiliado com uma cama estreita, uma mesa-de-cabeceira rudimentar e uma cadeira de ferro. Indica os banheiros no fundo do corredor, uma saída de socorro em caso de necessidade e me abandona à própria sorte. Jamil ficou na sala de espera. Descanso minha mala na cadeira e abro a janela que dá para o centro da cidade. Muito longe, bandos de moleques dilapidam os tanques israelenses até serem dispersos pelos tiros dos soldados; as bombas de gás lacrimogêneo soltam sua fumaça esbranquiçada nas ruelas saturadas de poeira; um grupo se forma em volta de um corpo que acaba de ser alvejado... Fecho a janela e encontro Jamil no andar de baixo. Dois jornalistas descompostos dormem num sofá, cercados por seus equipamentos. O recepcionista nos informa que há um pequeno bar no fundo à direita, se quisermos beber ou comer algo. Jamil pede permissão para voltar a Ramallah.

— Vou passar de novo pela casa de Khalil e deixar com o vizinho o endereço do hotel, para ele entrar em contato com você assim que meu irmão voltar.

— Ótimo. Não vou deixar o hotel. Aliás, nem vejo para onde ir por aqui.

— Tem razão. Fique tranqüilo no quarto até que venham buscar você. Khalil com certeza volta hoje mesmo, ou amanhã o mais tardar. Ele nunca deixa a casa sem ninguém dentro.

Abraça-me.

— Sem imprudências, Amin.

Depois que Jamil vai embora, eu entro no bar; vou fumar uns cigarros e beber uma xícara de café. Chegam alguns adolescentes armados, a cabeça cingida com um pano verde e o peito recoberto de coletes à prova de balas. Instalam-se num canto e uma equipe de televisão francesa vai a seu encontro. O mais jovem acaba de me explicar que se trata de uma entrevista e me convida gentilmente a cair fora.

Volto a meu quarto e reabro a janela sobre os exércitos em guerra. Meu coração se contrai diante do espetáculo que se oferece à minha vista... Janin... Foi a grande cidade da minha infância. As terras tribais ficam a uns trinta quilômetros dali e muitas vezes acompanhei meu pai quando ia à cidade oferecer suas telas a duvidosos marchands. Por essa época, Janin me parecia tão misteriosa quanto Babilônia e eu gostava de tomar suas esteiras por tapetes voadores. Depois, quando a puberdade me fez mais atento ao gingado das mulheres, aprendi a ir sozinho para lá, como gente grande. Janin era a cidade dos sonhos dos anjos temerários, com seus modos de grande povoado que imita a cidade grande, sua balbúrdia sem fim, que lembra um soulk em dia de ramadã, suas lojas com ares de caverna de Ali Babá, onde as bugigangas se esforçam por minimizar a sombra das penúrias, suas ruelas perfumadas onde garotos evocavam príncipes dos pés nus; havia também o lado pitoresco, que fascinava os peregrinos de antes, o odor de seu pão que jamais encontrei em nenhum outro lugar e sua bonomia sempre vivaz, apesar de tantos infortúnios... Por onde andam seus modos, que tanto seduziam e que lhe emprestavam sua feição, que tornavam o pudor de suas meninas tão mortal quanto sua impudência e fazia venerar os velhos, apesar de seu caráter difícil? O reino do absurdo arrasou mesmo as alegrias das crianças. Tudo soçobrou debaixo de uma tristeza doentia. Parecia que estávamos em um canto esquecido dos limbos, freqüentado por almas tíbias, seres alquebrados, em parte espectros, em parte condenados, macerados nas vicissitudes da vida como mosquitos sob uma camada de verniz, a face decomposta, o olhar revulsado, voltado para as sombras da noite, tão infeliz que nem o grande sol de As-Samirah saberia iluminar.

Janin não é mais que uma cidade sinistrada, um imenso lodaçal; não diz nada que valha e tem o ar tão insondável quanto o sorriso de seus mártires, cujos retratos estão pregados em cada canto de rua. Desfigurada pelas múltiplas incursões do Exército israelense, ora exposta ao pelourinho, ora ressuscitada para fazer durar o prazer, ela jaz em suas maldições, acossada e pobre de encantações...

Batem na porta.

Acordo. O quarto está mergulhado no mais profundo negro. Meu relógio indica seis horas da tarde.

— Senhor Jaafari, o senhor tem visitas — anunciam-me atrás da porta.

Um menino me espera na recepção, enfiado numa roupa multicolorida. Deve estar perto dos dezoito anos, não mais, mas tenta parecer mais velho. Seu rosto de traços finos é vincado por uns tufos de folículos que faz passar por uma barba.

— Chamo-me Abu Damar — apresenta-se doutamente. — É meu nome de guerra. Sou de confiança. Khalil me mandou buscar você.

Abraça-me à maneira dos mujahidim.

Acompanho-o através de um bairro efervescente em que as ruas sumiram debaixo das camadas dos destroços. O lugar deve ter sido evacuado recentemente pelas tropas israelenses, pois a rua arrasada conserva ainda a mordida das correntes dos tanques como um supliciado guarda os traços frescos de seu calvário. Uns moleques nos alcançam num barulho de cavalgada e se enfiam por uma viela vociferando.

Meu guia anda rápido demais para mim; é obrigado a parar de tempos em tempos para me esperar.

— Não é este o caminho — assinalo.

— Logo mais vai estar escuro — explica. — E alguns setores são proibidos, à noite. Para que não haja nenhuma falha. Somos muito disciplinados, em Janin. As instruções são seguidas à risca. Caso contrário, não agüentaríamos.

Vira-se para mim e acrescenta:

— Enquanto estiver comigo, não corre nenhum risco. Este aqui é meu setor. Em um ano ou dois, serei eu o comandante.

Chegamos a um beco sem iluminação. Uma silhueta armada monta guarda diante de um portão. O menino me empurra até ela.

— É nosso doutor — diz ele, orgulhoso de ter cumprido sua missão.

— Muito bem, meu jovem — diz a sentinela. — Agora volte para casa e nos esqueça.

O menino fica um pouco desconcertado pelo tom sem apelo da sentinela. Cumprimenta-nos e se apressa em desaparecer na escuridão.

O segurança pede-me que o siga a um pátio, onde dois milicianos terminam de lustrar seus fuzis à luz de uma tocha. Um homem alto com o corpo apertado num uniforme de pára-quedista mantém-se à entrada de um salão repleto de camas de campanha e de sacos de dormir. É o chefe. O rosto manchado e os olhos brancos, não parece feliz em me ver.

— Quer se vingar, doutor? — lança-me à queima-roupa.

Tomado de surpresa, levo um certo tempo para recuperar meus sentidos.

— Como?

— Escutou muito bem — responde, introduzindo-me num cômodo dissimulado aos olhares. — Foi o Shin Beth que mandou você dar um pontapé no formigueiro para nos fazer sair do buraco e nos entregar à mira de seus helicópteros.

— Falso.

— Cale a boca — ameaça —, empurrando-me contra uma parede. — Estamos de olho em você já faz um bom tempo. Sua passagem por Belém foi muito notada. O que quer exatamente? Ser degolado numa vala ou enforcado em praça pública?

Esse homem me inspira subitamente um negro terror.

Enfia o cano da pistola nos meus rins e me obriga a ajoelhar. Um miliciano, que não vi quando entrei, me puxa as mãos para trás das costas e me coloca algemas, sem brutalidade alguma, um mero exercício. Estou tão surpreso com o rumo inesperado que tomaram as coisas e com a facilidade com que caí na esparrela que reluto em acreditar no que está acontecendo.

O homem ajoelha-se para me ver de mais perto:

— Ponto final, doutor. Aqui, todo mundo desce. Não devia ter empurrado tão fundo a rolha, porque não temos muita paciência com os sacanas e não permitimos que nos estraguem a existência.

— Eu vim ver Khalil. É meu primo.

— Khalil sumiu, desde que recebeu a notícia da sua visita. Não é nem louco. Tem idéia da merda que espalhou em Belém? Por sua causa, o imã da Grande Mesquita foi obrigado a mudar. Tivemos de suspender todas as operações, por ali, até ter certeza de que nossas redes não foram localizadas. Ignoro por que razão Abu Moukaoum concordou em ver você, mas foi uma péssima idéia. Ele também precisou se transferir, depois disso. E agora vem recomeçar suas histórias em Janin?

— Não sou manipulado por ninguém.

— Ora, ora, e não? Veja só... Eles prendem você depois do atentado cometido por sua mulher; três dias mais tarde, você é liberado, assim, sem maiores investigações nem processo. Capaz até de terem se desculpado pelos incômodos que causaram. E por quê, hein? Por seus belos olhos? Vamos admitir, estamos quase tentados a acreditar, mas o problema é que nunca vimos isso antes. Nunca um prisioneiro de Shin Beth foi largado solto no mundo sem que antes tenha vendido sua alma ao diabo.

— Está enganado...

Ele aperta minhas mandíbulas de modo a manter minha boca aberta.

— O doutor não gosta da gente. Sua mulher morreu *por culpa nossa*. Vivia tão bem em sua gaiola de ouro, não é? Comia bem, dormia bem, divertia-se bastante. Não lhe faltava nada. E eis que um bando de imbecis veio desviá-la de sua felicidade para mandá-la — como era mesmo que dizia? — *ao carvão*. O doutor vive ao lado de uma guerra, mas não quer nem ouvir falar dela. Acha que sua mulher também não deve se preocupar... Pois o doutor está errado, e bem errado.

— Eles me soltaram porque eu não tinha nada a ver com o atentado. Ninguém me recrutou. Só quero entender o que aconteceu. Por isso é que estou atrás de Adel.

— Mas, doutor, tudo é tão claro! Estamos em guerra, não sabe? Há os que pegam em armas e há os que não se metem. Outros prosperam em nome da Causa. É a vida. Quando cada um cuida das suas coisas em seu canto, não é grave. A dificuldade começa quando aqueles que levam uma vida mansa vêm recriminar os que estão na merda até o pescoço... Sua mulher escolheu o lado dela. A felicidade que você lhe propunha fedia a decomposição. Repugnava-lhe, percebe? Não era o que ela queria. Não suportava mais dourar-se ao sol enquanto seu povo apodrece sob o jugo sionista. Vai precisar ainda de um desenho para *entender* ou continua a não querer encarar a realidade de frente?

Levanta-se, espumando de raiva, me empurra com o joelho contra a parede e sai trancando a porta atrás de si com duas voltas na fechadura.

Algumas horas mais tarde, amordaçado e com olhos vendados, jogam-me no porta-malas de um carro. Para mim, é o fim. Vão me levar a um terreno baldio e executar-me. Mas o que me derrota é a docilidade com que me deixo levar. Um cordeiro teria se defendido melhor. Quando o porta-malas se fechou sobre mim, me subtraiu ao resto do mundo, ao mesmo tempo que confiscou o pouco da estima que eu reclamava. Todo esse caminho, toda essa carreira mirabolante para terminar no porta-malas de um carro como uma trouxa qualquer! Como pude chegar a isso?

Como pude tolerar que me tratassem desse modo sem mexer nem um dedo? Um sentimento de raiva impotente me leva a um passado distante. Lembro-me de uma manhã, quando o avô, que me levava em sua carroça a um dentista da cidadezinha, derrapou numa trilha e derrubou um tropeiro. Este se levantou e não parou de tratar o avô por todo tipo de nome. Eu aguardava o furor homérico do patriarca, como quando fazia tremer os recalcitrantes da tribo, e qual não foi minha mágoa quando percebi que meu centauro, o ser que eu mais venerava no mundo, a ponto de confundi-lo com uma divindade, se contentava em derramar suas desculpas e recolher seu *keffueh* que o outro lhe arrancara das mãos e jogara no chão! Fiquei tão triste que minha cárie deixou de doer. Eu tinha sete ou oito anos. Não queria acreditar que o avô aceitasse tamanha humilhação. Indignado e impotente, cada grito do tropeiro me rebaixava mais um pouco. Eu só podia olhar meu ídolo decair, como um capitão olha afundar seu navio... É exatamente a mesma tristeza que toma conta de mim no instante em que o capô do porta-malas me apagou do mundo. Tenho tamanha vergonha de sofrer tantas afrontas sem me mexer que minha sorte me é indiferente. Não sou mais nada.

# 15

Trancaram-me num porão sombrio, sem janela nem iluminação.

— Não é um cinco-estrelas — diz o homem vestido de pára-quedista —, mas o serviço é nota dez. Nem tente dar uma de esperto porque você não tem nenhuma possibilidade de escapar daqui. Se dependesse de mim, já estaria fedendo. Infelizmente, devo obrigações a uma hierarquia e ela nem sempre compartilha minhas ânimos.

Meu coração quase parou de bater quando ele fechou a porta atrás de si.

Encolho-me, o rosto nos joelhos, e não me movo mais.

No dia seguinte, estavam de volta. Vieram me buscar. Algemado, a cabeça num saco e um trapo dentro da minha boca, devolvem-me ao porta-malas de um carro. Depois de um longo percurso cheio de buracos, jogam-me no chão. Põem-me ajoelhado e retiram o saco da minha cabeça. A primeira coisa que se apresenta aos meus olhos é uma grande pedra manchada com grumos de sangue e crivada de balas. A morte, neste lugar, tem um odor acentuado. Devem ter executado um bocado de gente por aqui. Alguém me põe o cano de um fuzil na têmpora. "Sei que você ignora de que lado fica a *qaâba*", diz, "mas sempre é bom recitar uma prece." A mordida metálica me devora da cabeça aos pés. Não tenho medo, porém tremo tanto que meus dentes batem sem parar. Fecho os olhos, recolho os últimos nacos de dignidade que me restam e espero que terminem com a coisa... O rangido de um walkie-talkie me salva *in extremis;* ordenam a meus carrascos que deixem para mais tarde o serviço sujo e me devolvam ao local da minha detenção.

De novo, o negrume, a escuridão, mas, desta vez, estou sozinho no mundo, sem sombra guardiã e sem lembranças, fora esse terror nauseabundo nas vísceras e a marca do cano no meu rosto...

Um dia depois, voltam para me buscar, mais uma vez. Ao fim do percurso, a mesma pedra enorme, a mesma encenação, o mesmo rangido do walkie-talkie; compreendo então que simulam vulgarmente minha execução, com que tentam me derrotar.

Depois, mais ninguém vem me incomodar.

Seis dias e seis noites fiquei fechado nesse covil pestilento, entregue às pulgas e às baratas, a me alimentar de sopa fria e a me corroer as vértebras sobre um catre duro como a pedra de uma tumba!

Eu esperava por interrogatórios violentos, sessões de tortura ou coisas do tipo; nada. Adolescentes excitados, exibindo como troféus suas metralhadoras, encarregam-se da minha vigilância. Vez por outra me trazem algo para comer, sem me dirigir a palavra, ignorando-me soberbamente.

No sétimo dia, um comandante sob boa escolta fez uma visita ao porão. Era um jovem de uns trinta anos, mais para franzino, com um rosto afiado, queimado de um lado, e dois olhos de um branco discutível. Usava um uniforme gasto e carregava um kalachnikov a tiracolo.

Esperou que eu me pusesse em pé, me entregou seu revólver e recuou dois passos.

— Está carregado, doutor. Acabe comigo.

Pus a pistola no chão.

— Acabe comigo, é um direito seu. Depois, pode voltar para casa e virar definitivamente a página. Ninguém aqui tocará num só fio dos seus cabelos.

Aproximou-se, pôs o revólver de novo na minha mão.

Recusei-me a segurá-lo.

— Objetor de consciência? - perguntou.

— Cirurgião — respondi.

Deu de ombros, enfiou sua pistola no cinturão e me confiou:

— Não sei se consegui, doutor, mas quis que experimentasse na carne e na alma o ódio que nos devora por dentro. Pedi um relatório detalhado a seu respeito. Dizem que é um homem de bem, um humanista eminente, que não tem razão alguma para fazer mal a ninguém. Era difícil, então, me fazer compreender sem arrancar você do seu estatuto social e sem fazer com que chafurde na lama. Agora que chegou bem perto das imundícies de que foi poupado por seu bem-sucedido percurso profissional, tenho ao menos uma possibilidade de ser entendido. A vida me ensinou que se pode viver de amor e água fresca, de migalhas e de promessas, mas que jamais sobrevivemos às injúrias. E foi só o que conheci, a injúria, desde que vim ao mundo. Todas as manhãs. Todas as noites. Só vi isso minha vida inteira.

Esboçou um pequeno gesto com a mão. Um miliciano jogou um saco a meus pés.

— Trouxe roupas novas. Paguei-as do meu bolso.

Não consigo entender.

— Está livre, doutor. Pediu para ver Adel. Está esperando você lá fora, no carro. Seu tio-avô gostaria de recebê-lo na casa do patriarca. Se não quiser revê-lo, tudo bem. Diremos a ele que não foi possível. Tem um banho preparado para você e uma refeição um pouco melhor, se concordar.

Continuo em guarda, imóvel.

O comandante ajoelhou-se, abriu o saco e me mostrou as roupas e um par de sapatos para me provar sua boa-fé.

— Como passou esses seis dias, neste porão fedorento? — diz, levantando-se, as mãos nos quadris. — Atrevo-me a esperar que aprendeu a odiar. Do contrário, a experiência não terá valido de nada. Tranquei você aí dentro para que saboreasse o gosto do ódio e o desejo de pô-lo em prática. Não humilhei você por pura formalidade. Não gosto de humilhar ninguém. Sei o que é, já passei por isso. Tudo é possível quando o amor-próprio é achincalhado. Sobretudo quando fica claro que os meios que garantem nossa dignidade não estão a nosso alcance, quando somos impotentes. Creio que é essa a escola do ódio. Aprendemos verdadeiramente a odiar quando tomamos consciência de nossa impotência. É um momento trágico; o mais atroz e o mais abominável de todos.

Segura meus ombros, com uma raiva agressiva.

— Quis que entendesse por que fomos às armas, doutor Jaafari, por que, meninos ainda, avançamos sobre tanques como quem avança sobre balas e confeitos, por que nossos cemitérios estão lotados, por que eu quero morrer de armas na mão... por que sua esposa foi explodir, cheia de bombas, em um restaurante. Não há pior cataclismo que a humilhação. É uma infelicidade imensurável, doutor. Tira o gosto pela vida. E se por acaso você tarda a entregar a alma, só pensa numa coisa: como terminar seus dias dignamente depois de ter vivido *miserável, cego e nu*?

Percebe que seus dedos me machucam, retira as mãos.

— Ninguém se junta a nossas brigadas pelo simples prazer, doutor. Todos os meninos que viu, uns com fundas, outros com lança-torpedos, detestam furiosamente a guerra. Porque todos os dias um deles é levado na flor da idade por um tiro inimigo. Gostariam, eles também, de gozar de um estatuto honrado, ser médico, estrela na TV, atores de cinema, rodar em belos carros e alcançar a Lua todas as noites. O problema é que esse é um sonho impossível, doutor. Não é para eles. Querem empurrá-los a guetos, até que se percam por completo. É por isso que preferem morrer. Quando os sonhos nos são negados, só resta a morte, a última salvação... Sihem compreendeu-o, doutor. Deve respeitar sua escolha e deixá-la repousar em paz.

Antes de se retirar, acrescentou:

— Há dois extremos na loucura dos homens: o instante em que se toma consciência de sua impotência e o instante em que se toma consciência da vulnerabilidade dos outros. Ou assumimos nossa loucura, doutor, ou sofremo-la.

Girou sobre o calcanhar e se foi; seus tenentes fecham a porta atrás dele.

Continuo plantado no meio da minha cela, diante da porta aberta que dá para um pátio branco de luz. O ricochete dos raios de sol atinge meu cérebro. Ouço vários carros darem a partida, e depois o silêncio. Acho que estou sonhando, não tenho coragem de me beliscar. Seria um outro simulacro?

Uma silhueta se enquadra no batente da porta. Reconheço-o imediatamente: atarracado, cevado, os ombros caídos, as pernas curtas e ligeiramente arqueadas — é Adel. Não sei por que, vendo-o vir a meu encontro no fundo da minha noite, um soluço me sacode da cabeça aos pés.

— *Ammou?* — diz ele, a voz arrasada.

Avança em minha direção, devagar, como quem se aventura na toca de um urso.

— Tio? Sou eu, Adel... Disseram que estava me procurando. Eu cheguei.

— Levou tempo.

— Não estava em Janin. Foi só ontem à noite que Zakaria me deu ordens de voltar. Cheguei há menos de uma hora. Não sabia que era por sua causa. O que há, *ammou?*

— Não me chame de tio. Os tempos são bem diferentes daqueles em que acolhia você em minha casa e tratava como um filho.

— Eu sei — diz ele, baixando a cabeça.

— O que você pode saber, que nem vinte e cinco anos tem? Olhe em que estado se meteu.

— Não tenho culpa. Ninguém tem culpa de nada. Eu não queria, mas ela estava determinada. Nem o imã Marwan conseguiu dissuadi-la. Ela disse que era completamente palestina e não via por que razão permitiria que outros fizessem o que cabia a ela fazer. Juro que não ouvia nada nem ninguém. Nós lhe dissemos que era mais útil viva que morta. Ela nos ajudava bastante em Tel-Aviv. Nossas reuniões mais importantes eram na sua casa. Disfarçávamo-nos de encanadores, ou então de eletricistas, carregávamos nossos equipamentos nas caminhonetes de serviço para não levantar suspeita. Sihem punha sua conta bancária a nossa disposição; depositávamos ali o dinheiro da Causa. Ela era o principal eixo da ação de nossa seção em Tel-Aviv...

— E Nazaré...

— Sim, de Nazaré também — diz ele sem nenhum mal-estar.

— E faziam suas reuniões onde, em Nazaré?

— Não havia reuniões em Nazaré. Eu a encontrava para a coleta de fundos. Quando fazíamos o turno de nossos benfeitores, era Sihem quem se encarregava de transportar o dinheiro até Tel-Aviv.

— E isso é tudo?

— É tudo.

— Verdade?

— Como assim?

— Qual era a natureza das relações de vocês?

— Militante...

— Somente militante... Tem costas largas, a Causa...

Adel coça a cabeça. Impossível saber se está perplexo ou em apuros. A luz detrás dele me oculta a expressão de seu rosto.

— Abbas não tem a mesma opinião — digo.

— Abbas? Quem é Abbas?

— O tio de Sihem. O que queria quebrar a sua cabeça com uma pá, em Kafr Kanna.

— Ah! O doido.

— Tem a cabeça inteira, e bem boa. Sabe perfeitamente o que faz e o que diz... Ele viu vocês se escondendo por Nazaré.

— E daí?

— Acha que certos sinais não enganam.

Nesse exato instante, pouco me importam as guerras, as boas causas, do céu ou da Terra, os mártires e seus monumentos. É um milagre que eu ainda esteja em pé. Meu coração bate desvairado em meu peito; minhas entranhas banham no sumo corrosivo de sua própria decomposição. Minhas palavras adiantam-se às minhas angústias, extravasam do fundo de meu ser como fagulhas incendiarias. Tenho medo de cada palavra que me escapa, medo de que voltem a mim como um bumerangue, carregadas daquilo que me aniquilaria no ato. Mas a necessidade de abrir o coração é mais forte que tudo. Parecia que eu entrara num jogo de roleta-russa, meu destino me importava pouco, pois o momento da verdade nos desempataria de uma vez por todas. Não quero mais saber quando Sihem caiu no militantismo suicida, se errei em alguma coisa, se contribuí de uma maneira ou de outra à sua perda. Tudo isso é relegado a segundo plano. O que quero saber, acima de tudo, o que conta em primeiro lugar, mais que tudo no mundo, é se Sihem me enganava.

Adel terminou entendendo aonde eu queria chegar. Está ofendido.

— O que você quer dizer com isso?... Não, não pode ser. Onde estamos, meu Deus?... Está insinuando que... Não pode ser! Como ousa?

— Ela me escondeu perfeitamente o que fomentava.

— Não é a mesma coisa.

— É a mesma coisa. Quando se mente, também se trai.

— Ela não mentiu. Proíbo você...

— Você! Ousar me proibir alguma coisa!

— Sim, proíbo-o — grita ele, pulando como uma mola. — Não vou permitir que você macule sua memória. Sihem era uma mulher piedosa. E não se pode trair seu marido sem ofender ao Senhor. Não tem sentido. Quando se escolhe entregar a vida ao bom Deus é porque renunciamos a tudo, a todas as coisas daqui de baixo, sem exceção. Sihem era uma santa. Um anjo. Eu seria um condenado só de ousar levantar os olhos para ela.

E eu acredito nele, meu Deus! Acredito. Suas palavras salvam-me de minhas dúvidas, de meus sofrimentos, de mim mesmo; bebo-as até esgotar o cálice da amargura, impregnam-me completamente. Em meu céu, coortes de nuvens negras estancam em uma velocidade vertiginosa, deixando um buraco vazio. Um sopro de ar me reanima, afugenta o mofo que me apodrecia interiormente, devolve a meu sangue uma tonalidade menos repelente, mais luminosa. Meu Deus! Estou *salvo*. Agora que associo a salvação da humanidade à da minha infinitesimal pessoa, agora que minha honra está resguardada, perco de vista minhas dores e meus ódios e estou quase tentado a tudo perdoar. Meus olhos se enchem de lágrimas, mas não as deixo estragar essa hipotética reconciliação comigo mesmo, esses reencontros íntimos que sou o único a festejar em algum lugar do meu corpo e da minha alma. Mas é duro demais para um homem esfolado; meus tornozelos cedem e caio sobre o catre, a cabeça nas mãos.

Não estou pronto para sair para o pátio. É muito cedo. Prefiro ficar em minha cela, recuperar-me, situar-me nessa seqüência de revelações que explodem em todos os sentidos. Adel senta-se a meu lado. Seu braço hesita muito tempo antes de envolver meu ombro; o gesto me despraz, me remói inteiro, mas não o renego. Seria remorso ou seria compaixão? Pouco importa, não é o que eu espero. Devo realmente esperar algo de um homem como Adel? Seria de surpreender. Temos uma concepção radicalmente diferente do que devemos esperar uns dos outros. Para ele, o paraíso se encontra ao fim da vida de um homem; para mim, está ao alcance da sua mão. Para ele, Sihem era um anjo. Para mim, era *minha* mulher. Para ele, os anjos são eternos; para mim, morrem com nossos golpes... não, mal temos algo a nos dizer. Já é muito que perceba minha dor. Seus soluços, porém, estendem seus tremores até o mais profundo de meu ser. Sem perceber, e sem poder explicar, minha mão me escapa e vai consolar a sua... Depois, falamos, falamos, falamos, como se procurássemos conjurar cada fibra de nosso corpo. Adel não vinha a negócios a Tel-Aviv, mas alimentar financeiramente a célula local da intifada. Aproveitava-se da minha notoriedade e da minha hospitalidade, que o protegiam das suspeitas. Foi por acaso que Sihem descobriu uma pasta escondida debaixo de sua cama. Documentos e uma arma caíram. Adel entendeu imediatamente, quando voltou, que seu esconderijo acabara de ser profanado. Pensou dar o alerta e desaparecer no mundo. Pensou mesmo em matar para não deixar nada ao acaso. Estava justamente em via de arquitetar a "morte acidental" de Sihem quando ela entrou em seu quarto com um maço de shekels. "É para a Causa", dissera. Adel levou meses antes de concordar em lhe confiar tudo. Sihem queria juntar-se à resistência. A célula pusera-a à prova, e ela fora convincente. Por que não me disse nada? *Dizer o quê? Ela não podia dizer nada, não estava autorizada. Tampouco queria que alguém se pusesse em seu caminho. Depois, esses são compromissos que se calam. Não se gritam aos quatro ventos juramentos que são observados no segredo mais absoluto. Meu pai e minha mãe pensam que cuido dos meus negócios. Os dois esperam que eu faça fortuna para vingá-los da miséria que é deles. Ignoram tudo de minhas atividades militantes. Contudo, eles também são militantes. Não hesitariam em dar a vida pela Palestina... mas não seu filho. É normal. Os filhos são a sobrevivência de seus pais, seu pequeno ponto de eternidade. Ficarão inconsoláveis quando souberem de minha morte. Avalio plenamente a imensa dor que vou lhes causar, mas será apenas uma dor a mais entre tantas outras que reuniram na vida. Com o tempo, fa-*

*rão o luto e me perdoarão. O sacrifício não é só para os outros. Se aceitamos que os filhos dos outros morram pelos nossos, devemos aceitar que nossos filhos morram também por outros filhos, ou não seria leal. E é isso que não consegue entender,* ammou. *Sihem era uma mulher, antes de ser sua mulher. Morreu pelos outros....* Por que ela?... *Por que não ela? Por que quer que Sihem se afaste da história de seu povo? O que tinha ela a mais, ou a menos, de tantas outras mulheres que já sacrificaram sua vida? É o preço a pagar para ser livre...* Ela era livre. Sihem era livre. Tinha tudo. Não a privava de nada. *A liberdade não é um passaporte concedido pela polícia,* ammou. *A liberdade não é partir para onde se quer. Matar a fome não é a vitória. A liberdade é uma convicção profunda; ela é a mãe de todas as certezas. Sihem não estava tão certa de ser digna de sua sorte. Viviam sob o mesmo teto, gozavam dos mesmos privilégios, mas não olhavam para o mesmo lado. Sihem estava mais próxima de seu povo que da idéia que você fazia dela. Talvez fosse feliz, mas não o suficiente para se assemelhar a você. Ela não queria mal a você porque acreditava ingenuamente nos louros com os quais era condecorado; mas não era isso que ela desejava, pois achava que essa felicidade tinha algo de indecente, um toque de incongruência. Era como se você fizesse um churrasco numa terra queimada. Só via o churrasco, você, e ela via o resto, a desolação que falseava as alegrias que o cercavam. A culpa não era sua; mesmo assim, ela não suportava assumir o mesmo daltonismo...* Não vi nada acontecer, Adel. Ela parecia tão feliz... *Você, que tanto a queria feliz, é que se recusava a enxergar qualquer coisa que pudesse lançar uma sombra sobre sua felicidade. Sihem não queria essa felicidade. Era um problema moral, para ela. A única maneira de se fazer desculpar era ir ao encontro das fileiras da Causa. É um percurso natural quando se vem de um povo sofredor. Não há felicidade onde não há dignidade, e nenhum sonho é possível sem liberdade... O fato de ser mulher não desqualifica a militante, não a isenta. O homem inventou a guerra;* a mulher inventou a resistência. *Sihem era filha de um povo que resiste. Estava bem colocada para saber o que fazia... Ela queria* merecer *a vida,* ammou, merecer *seu reflexo no espelho,* merecer *seus risos, e não apenas gozar sua sorte. Eu também posso me jogar nos negócios e enriquecer mais rápido que Onassis. Mas como concordar em ser cego para ser feliz, como virar as costas a si mesmo sem fazer face a sua própria negação? Não se pode regar com uma mão a flor que se colhe com a outra; não se dá sua graça à rosa posta num jarro; ela se desnatura; pensamos embelezar a sala e na realidade desfiguramos o jardim...* Luto contra a limpidez de sua lógica como um inseto contra a transparência do vidro; entendo claramente sua mensagem, mas é impossível aceder a ela. Tento compreender o gesto de Sihem e não encontro para ele consciência nem desculpa. Quanto mais penso, menos o admito. De que modo chegou a isso? *"Pode acontecer com qualquer um"*, reconhecia Naveed. *"Ou cai sobre você como uma pedra, ou gruda em você como um verme solitário. Depois, você não olha mais o mundo da mesma maneira."* Sihem devia carregar seu ódio consigo desde sempre, bem antes de me conhecer. Cresceu ao lado dos oprimidos, órfã e árabe em um mundo que não perdoa nem um nem outro. Deve ter precisado dobrar a espinha muitas vezes, forçosamente, como eu, mas ela nunca conseguiu erguer-se. O fardo de certas concessões é mais pesado que o peso dos anos. Para chegar a se encher de explosivos e caminhar à morte com tal determinação é porque carregava em si uma ferida tão vil e tão atroz que tinha vergonha de me revelá-la; o único modo de se liberar era destruir a si mesma, junto com a dor, como um possuído que se joga do alto de uma falésia para triunfar sobre sua fragilidade e sobre seus demônios. É verdade que escondia admiravelmente suas cicatrizes — talvez tenha tentado maquiá-las, sem sucesso; bastou um simples toque para despertar a besta feroz que nela se escondia. Quando aconteceu esse toque? Adel não lhe perguntou. A própria Sihem ignorava-o, provavelmente. Uma cobrança a mais na televisão, um abuso na rua, um insulto perdido; um nada provoca o irreparável quando se carrega o ódio dentro de si... Adel fala, fala, fala, e fuma como um animal... Dou-me conta de que não o escuto mais. Não quero escutar mais nada. O mundo que me conta não me convém. Nele a morte é um fim em si mesma. Para um médico, é o cúmulo. Fiz voltar tantos pacientes do além que terminei por me tomar por um deus. E, quando um doente me abandonava na mesa de operação, eu voltava a ser o mortal vulnerável e triste que sempre me recusei a ser. Não me reconheço naquilo que mata; minha vocação se alinha àquilo que salva. Sou um cirurgião. E Adel está me pedindo que aceite que a morte se transforme em uma ambição, o desejo mais caro, uma legitimidade... Pede-me que assuma o gesto da minha esposa, mas é bem isso, exatamente isso, o que me interdita meu juramento de médico, mesmo nos casos mais desesperados, mesmo na eutanásia. Não é o que eu busco. Não quero me orgulhar de ser um viúvo, não quero renunciar à felicidade que me fez marido e amante, senhor e escravo a um só tempo, não quero enterrar o sonho que me fez viver como nunca mais viverei.

Empurro o saco a meus pés e me levanto.

— Vamos, Adel.

Está um pouco surpreso pela interrupção, mas levanta-se também.

— Tem razão, *ammou*. Não é o melhor lugar para falar dessas coisas.

— Não quero mais falar disso. Nem aqui nem em qualquer outro lugar.

Ele aquiesce.

— Seu tio-avô Omar sabe que está em Janin. Pediu para ver você. Se não tiver tempo, não tem importância. Explicarei a ele.

— Não há nada que explicar, Adel. Nunca renunciei aos meus.

— Eu não quis dizer isso.

— Só pensou em voz alta.

Esquiva-se de meu olhar.

— Não quer comer algo, primeiro, tomar um banho?

— Não. Não quero nada dos seus amigos. Não aprecio nem sua comida nem sua higiene. Não quero suas roupas, tampouco — acrescentei, afastando o saco do meu caminho. — Preciso voltar a meu hotel buscar minhas coisas, se é que não foram distribuídas aos necessitados.

A luz no pátio me agride os olhos, mas o sol me faz bem. Os milicianos partiram. Só um jovem sorridente se mantém em pé ao lado de um carro empoeirado.

— Wissam — diz Adel. — O neto de Omar.

O jovem me salta ao pescoço e me abraça com força. Recuando para eu poder vê-lo melhor, esconde-se atrás de seu sorriso, incomodado pelas lágrimas que enchem seus olhos. Wissam! Conheci-o um pirralho, ainda nas fraldas, um pouco maior que uma mão, e agora tem uma cabeça a mais que eu, o bigode em evidência e um pé já na tumba numa idade em que todas as derivas são doces, salvo aquela que escolheu para si. O revólver dissimulado debaixo do cinto me corta o coração.

— Leve-o primeiro ao hotel — ordena Adel. — Precisa pegar suas coisas. Se o recepcionista esqueceu onde as colocou, você lhe refresca a memória.

— Não vem conosco? — espanta-se Wissam.

— Não.

— Mas você ia, agora há pouco.

— Mudei de idéia.

— Tudo bem. Você quem sabe. Até amanhã, talvez.

— Quem sabe?

Espero que Adel venha me dar um abraço. Continua em seu lugar, a nuca vergada, as mãos nos quadris, a chutar um pedregulho com a ponta do sapato.

— Até mais, então — repete Wissam.

Adel levanta para mim olhos cheios de sombra.

Esse olhar!

O mesmo olhar de Sihem na manhã em que a deixei na estação rodoviária.

— Sinto muito, mesmo, *ammou*.

— E eu, então...

Não ousa aproximar-se. De meu lado, não o ajudo, não vou ao seu encontro, não lhe estendo a mão. Não quero que imagine coisas; faço questão de que saiba que minha ferida é incurável. Wissam abre para mim a porta do carro, espera que eu me instale e corre para assumir o volante. O carro descreve um círculo no pequeno pátio, quase raspa num Adel enfiado em seus pensamentos e ganha a rua novamente. Tenho vontade de rever esse olhar, de auscultá-lo; não me volto. Mais embaixo, a estrada ramifica-se em uma série de pequenas vielas. Os barulhos da cidade me pegam, a algaravia da multidão me inebria; encosto a cabeça no encosto do banco e tento não pensar em nada.

No hotel, entregam-me minha bagagem e me autorizam a tomar um banho. Barbeio-me, troco de roupa e peço a Wissam que me leve para ver o lugar de meus antepassados. Deixamos Janin sem dificuldades. Os combates cessaram há um certo tempo; boa parte da armada israelense retirou-se. Várias equipes de televisão percorrem os escombros em busca de um horror rentável. O carro atravessa campos intermináveis antes de atingir a estrada sinuosa que leva aos pomares do patriarca. Deixo meu olhar se estender sobre as planícies como uma criança correndo atrás de seus sonhos. Mas não posso me impedir de pensar no sonho de Adel, nas sombras que o entrevam. Deixou-me uma estranha impressão, como um sentimento em alerta. Revejo-o em pé naquele pequeno pátio caiado. Não é o Adel que conheci, divertido e generoso; é outro, um outro trágico, movido por uma ambição de lobo que não leva mais longe que a próxima refeição, a próxima presa, a próxima matança além da qual é o nada branco, virgem, onde tudo está em suspenso ou então por vir. Fuma seu cigarro como se fosse o último, fala de si como se não estivesse mais aqui e leva em seu olhar a penumbra das câmaras mortuárias. Adel não pertence mais ao mundo dos vivos. Virou irremediavelmente as costas ao amanhã, a esse amanhã ao qual ele se recusa a sobreviver, como se temesse uma decepção. Escolheu para si o estatuto que, segundo ele, adere melhor a seu perfil: o estatuto de mártir. É assim que quer terminar, diluindo-se na causa que defende. As estelas já levam seu nome, a memória dos seus é atravessada por seus feitos militares. Nada o encantaria mais que o som da metralhadora; nada o elevaria mais que pôr-se na mira de um franco-atirador isolado. Se não lhe dói a consciência, se não reprova a si mesmo por ter aliciado Sihem ao sacrifício supremo, se a guerra se tornou a única possibilidade de alcançar sua estima é porque ele mesmo morreu e só espera que o desçam à terra para repousar em paz.

Penso ter chegado ao destino. O percurso foi terrível e não tenho o sentimento de ter atingido alguma coisa, alcançado alguma resposta redentora. Ao mesmo tempo, sinto-me liberado; digo a mim mesmo que cheguei ao fim de minhas penas e que a partir dali nada mais me pegará desprevenido. Essa dolorosa busca da verdade foi minha viagem iniciática. Vou reconsiderar a ordem das coisas, doravante, questioná-la, tomar posição? Com certeza, mas não terei, mesmo assim, o sentimento de contribuir com algo maior. Para mim, a única verdade que conta é aquela que permitirá um dia que eu me recupere e reencontre meus pacientes. Pois o único combate em que creio e que merece verdadeiramente que se *sangre* por ele é o do cirurgião, que sou, e que consiste em reinventar a vida ali onde a morte escolheu operar.

# 16

Omar, o decano da tribo, o último sopro da epopéia que acalentou nossos serões de antanho... Omar, meu tio-avô, que atravessou o século como uma estrela cadente, tão veloz que seus desejos nunca puderam alcançá-lo...

Está ali, no terreiro da casa do patriarca, e sorri para mim. Está feliz em me ver. Seu rosto maltratado pelas rugas severas vibra com uma alegria tão pungente como a de um menino que reencontrasse o pai depois de um longo eclipse. Foi hadji por várias vezes, conheceu a glória, as honrarias e muitos países e cavalgou puros-sangues lendários através de terras grandiosas. Guerreou nas tropas de Lawrence da Arábia — "o *ibliss* sem cor vindo dos países das brumas levantar os beduínos contra os otomanos e semear a discórdia entre os maometanos" —, serviu na guarda pretoriana do rei Ibn Séoud antes de se apaixonar por uma odalisca e fugir com ela para a península. A errância, e depois a decadência, acabou com o casamento. Abandonado por sua egéria, vagou de principado em sultanato em busca de oportunidade que lhe fosse favorável, salteou aqui e ali e converteu-se em traficante de armas em Sanaa, em mercador de tapetes na Alexandria, antes de ser gravemente ferido defendendo El Qods em 1947. Conheci-o claudicando, por causa da bala que tinha no joelho, e depois curvado sobre uma bengala graças a um infarto contraído no dia em que viu os buldôzeres israelenses devastar os pomares do patriarca em prol de uma colônia judia. Hoje, encontro-o terrivelmente diminuído, o rosto cadavérico e o olhar esmaecido; um feixe de ossos esquecido numa cadeira de rodas.

Beijei sua mão e ajoelhei-me a seus pés. Seus dedos delgados afagaram minha cabeça enquanto tentava controlar a respiração para me dizer quanto meu retorno à casa o deixava feliz. Repousei minha cabeça em seu peito, como eu fazia antigamente, criança mimada, vindo choramingar junto dele os favores que me recusavam.

— Meu doutor — soluça ele —, meu doutor...

Faten, sua neta, está a seu lado. Tem trinta e cinco anos. Se a encontrasse na rua, não a teria reconhecido. Faz tanto tempo... Deixei-a ainda moleca assustada, sempre procurando encrenca com os primos antes de fugir como se tivesse o diabo em seu encalço. As notícias que chegavam esporadicamente a Tel-Aviv diziam-na uma mulher azarada. As más-línguas apelidaram-na de viúva virgem. Faten não teve mesmo muita sorte. Seu primeiro marido faleceu ainda no cortejo nupcial, subitamente interrompido em conseqüência de uma morte aziaga; o segundo noivo foi morto durante um enfrentamento adverso com uma patrulha israelense dois dias antes da noite de núpcias. Logo as megeras a suspeitaram de maldição e mais nenhum pretendente bateu à sua porta. É uma moça forte e rude, forjada nas corvéias domésticas e na austeridade dos povoados enclausurados. Seu abraço é robusto e seu beijo, sonoro.

Wissam pega minha bagagem e depois, quando o decano consente em largar minha mão, vem mostrar o quarto que me reservaram. Dormi antes de minha cabeça encostar no travesseiro. Já é quase noite quando Wissam me acorda. Faten e ele puseram a mesa no terraço, debaixo da pérgula. Não pouparam os meios. O decano está sentado à cabeceira, enfiado em sua cadeira de rodas; seus olhos não me largam um segundo; está radiante de felicidade. Jantamos ao ar livre. Wissam nos conta as estroinices da frente de batalha. Assim ficamos, os quatro, até tarde da noite. Omar ria com o canto dos olhos, o queixo enfiado no pescoço. Wissam é uma pândega; difícil acreditar que um menino tímido como ele possa ter desenvolvido um humor tão desopilante.

Volto a meu quarto inebriado de suas narrativas.

Logo cedo, na hora em que a noite se entrega às primeiras apalpadelas do dia, estou em pé. Dormi como uma criança. Talvez tenha tido belos sonhos, mas não guardei nenhum. Sinto-me rejuvenescido, depurado. Faten já conduzira o decano para o pátio; vejo-o pela janela, hierático em seu trono, tal um totem convalescente. Aguarda que o sol se levante. Faten acabou de preparar os pãezinhos do café-da-manhã. Serve-me na sala: café com leite, azeitonas, ovos cozidos, frutas da estação e fatias de pão com manteiga e mel. Comi sozinho, Wissam ainda está dormindo. Faten aparece de tempos em tempos para verificar se não me falta nada. Depois do café, fui ao encontro de Omar no pátio. Apertou com força minha mão quando me debrucei para beijar sua testa. Se não diz muita coisa, é para melhor saborear cada instante que lhe ofereço. Faten vai ao galinheiro dar de comer aos pintos. A cada vez que passa por mim, dirige-me o mesmo sorriso. Apesar da rudeza da vida na fazenda e da crueldade da sorte, ela resiste firmemente. Seu olhar é árido, seus gestos ingraciosos, mas seu sorriso guarda orgulhosamente um enternecimento pudico....

— Vou dar uma volta — digo a Omar. — Quem sabe encontro meu botão de cobre que perdi por aqui há mais de quarenta anos!

Omar meneia a cabeça, esquecendo de largar minha mão. Seus velhos olhos comidos pelos ventos de areia e pelos infortúnios luzem como jóias profanadas.

Cortei caminho pela horta, enfiei-me num resto de pomar de árvores esquálidas, em busca dos meus caminhos da infância. As trilhas de antigamente já se foram, mas as cabras traçaram outras, menos inspiradas talvez, mas igualmente despreocupadas. Entrevejo a colina a partir da qual eu me lançava ao assalto das quietudes. A pequena cabana onde meu pai instalara seu ateliê desapareceu; uma parede ainda resiste, recusando-se a ceder, mas o resto é só ruína que os aguaceiros destruíram completamente. Chego diante da mureta onde eu e mais um monte de primos nos emboscávamos contra exércitos invisíveis. Um lado rompeu-se, entregando suas entranhas às ervas daninhas. Foi exatamente nesse lugar que minha mãe enterrou meu cachorro, que morreu recém-nascido. Eu estava tão triste que ela chorou comigo. Minha mãe... uma alma caridosa que se esvanece ao largo das lembranças; um amor para sempre perdido no rumor das eras. Sento-me sobre uma pedra e rememoro. Eu não era filho de sultão, mas é um príncipe que me vem à lembrança, os braços abertos como as asas de um pássaro, sobrevoando a miséria do mundo tal uma prece os campos de batalha, tal um canto o silêncio das gentes exangues.

O sol agora atinge meus pensamentos. Levantei-me e transpus a colina que algumas árvores hirsutas vigiam. Escalei um talude, subi a seu cume; era meu mirante, no tempo das guerras felizes. Antigamente, quando eu chegava ali, meu olhar me levava tão longe que com um pouquinho de concentração podia entrever o outro lado do mundo. Hoje, surgida não sei de qual desígnio nefasto, uma muralha hedionda insurge-se incongruente contra meu céu de outrora, tão obscena que os cães preferem levantar a pata sobre os espinheiros a levantá-la ao pé dela.

— Sharon lê a Torah ao contrário — diz uma voz às minhas costas.

Um velho vestido com uma roupa descorada, mas limpa, está atrás de mim. Apoiado sobre um cajado, o rosto desfeito e a cabeleira já branca, mede com o olhar a fortaleza que esconde o horizonte. Parecia Moisés diante do Bezerro de Ouro.

— O judeu vive errante porque não suporta que os muros o cerquem — diz, sem prestar atenção em mim. — Não é por acaso que construiu uma muralha para nela lamentar-se. Sharon está lendo a Torah ao contrário. Acha que protege Israel de seus inimigos e só faz enclausurá-lo em mais um gueto, menos terrível, com certeza, mas tão injusto quanto...

Vira-se enfim para mim.

— Desculpe incomodá-lo. Vi o senhor chegando pelo atalho e acreditei ver um velho amigo que não está mais na ordem do dia há uma década e que me faz muita falta. O senhor tem sua silhueta, seu porte e, agora que o vejo de mais perto, também um pouco de seus traços. Não seria Amin, o filho de Raduan, o pintor?

— Exato.

— Eu tinha certeza. É incrível como se parece com ele. Por um instante, tomei-o por seu fantasma.

Estende-me uma mão flácida.

— Meu nome é Shlomi Hirsh, mas os árabes me chamam Zeev, o eremita. Por causa de um asceta de antigamente. Moro no *qurbã*, lá embaixo, atrás dos laranjais. Trabalhei como negociante junto a seu patriarca. Depois que ele perdeu suas terras, converti-me em charlatão. Todo mundo sabe que não possuo mais poder que as galinhas que imolo no altar das penas perdidas, mas ninguém liga para isso. Ainda vêm encomendar milagres que estou muito longe de realizar. Prometo dias melhores por alguns infelizes shekels; como não é muito, apenas o que dê para cumprir meus prazeres, não há quem se importe quando não acerto.

Aperto-lhe a mão.

— Estou atrapalhando?

— De jeito nenhum — asseguro-lhe.

— Ótimo. Nestes últimos tempos, raramente aparece alguém por aqui. Por causa do Muro. É de fato horrível, não é? Como se podem construir semelhantes horrores?

— O horror não está só nas construções.

— Justo, mas, francamente, podiam ter achado algo melhor. Mas um Muro? O que é isso? O judeu nasceu livre como o vento, inconquistável como o deserto da Judéia. Se deixou de delimitar sua pátria, tanto que quase a confiscaram, foi porque acreditou muito tempo que a Terra prometida era aquela, acima de tudo, em que nenhuma muralha impede seu olhar de ir mais longe que seus clamores.

— E o que faz dos clamores dos outros?

O velho baixa a cabeça.

Recolhe um punhado de terra que desfaz entre os dedos.

— *Todos esses sacrifícios por mim, para quê?* — disse Yhwh — *Eles não me agradam.*

— Isaías, 1, 11 — digo.

O velhote pestaneja, admirativo:

— Muito bem.

— *Como terminou em puta a cidade indefectível onde o direito florescia?* — recito-lhe. — *A justiça vai se alojar sob a insígnia dos assassinos.*

— *Meu povo no passo dos desnorteados que confundem o sentido do teu caminho.*

— *O braseiro nutre-se do povo. Ninguém poupa seu irmão. Talha à direita, e reclama; morde à esquerda, e quer mais; morde a carne de seu sêmen.*

*— E quando o Mestre terá terminado o Monte Sião e Jerusalém, eu me ocuparei dos frutos do coração inflado do rei de Assur, e de seu belo olhar altaneiro.*

— E Sharon que se cuide, *amen!*

Damos boas risadas.

— Agora você me deixou abismado — confessa. — Onde aprendeu os versículos de Isaías?

— Todo judeu da Palestina é um pouco árabe, e nenhum árabe de Israel pode achar que não é um pouco judeu.

— Concordo inteiramente com você. Então, por que tanto ódio num mesmo sangue?

— Porque não entendemos muita coisa das profecias nem das regras elementares da vida.

Ele concorda sem dizer palavra, triste.

— O que se pode fazer? — pergunta.

— Primeiro, devolver a liberdade ao bom Deus. Há muito tempo se transformou em refém de nossas beatices.

Um carro chega da fazenda, um longo rastro de poeira estende-se atrás dele.

— Deve ser com você — me avisa o velho. — É sempre no lombo de burro que vêm me buscar.

Estendo-lhe a mão, despeço-me e desço o flanco da colina em direção à pista.

Encontro uma verdadeira multidão na casa do patriarca. Tia Najet em pessoa; estava na casa da filha em Tubas e voltou assim que soube que eu estava na terra. Aos noventa anos, não parece ter envelhecido. Ainda solidamente sustentada pelas próprias pernas, o olhar cintilante e os gestos precisos. É a mãe de todos nós, de certa forma, a esposa mais jovem e a única viúva do patriarca. Quando minha mãe queria brigar comigo, era só chamar por ela para me ver poupado... Chora no meu ombro. Primos, tios, sobrinhos, sobrinhas e outros parentes esperam pacientemente a vez de me abraçar. Ninguém me quer mal porque parti para longe e fiquei tanto tempo fora. Estão contentes de me verem novamente, de me terem por perto ao menos o tempo de um abraço; perdoam-me por tê-los ignorado durante esses anos todos, por ter preferido os edifícios esplendorosos às colinas batidas pelo pó, as grandes avenidas aos caminhos tortuosos das cobras, o brilho ilusório às coisas simples da vida. Ao ver essa gente toda que me quer bem, a mim, que só tenho a lhes oferecer um sorriso, avalio quanto empobreci. Eu achava que rompia as amarras, virando as costas a essas terras maltratadas e amordaçadas. Não queria ser igual aos meus, sofrer as mesmas misérias e nutrir-me de seu estoicismo. Lembro-me de correr atrás de meu pai, com sua tela feito escudo e o pincel erigido em lança, teimando em arrastar seu unicórnio por um país em que as lendas entristecem. A cada vez que um comprador, recusando seus quadros, meneava a cabeça com um não, esse "não" era a morte. Ele nos destruía, a meu pai e a mim. Meu pai não desistia, persuadido de que terminaria provocando o milagre. Suas derrotas me enraiveciam; sua perseverança me fortalecia. Foi para não depender de um banal movimento de cabeça que renunciei aos pomares do avô, a meus jogos de menino e à minha mãe; era, parecia-me, o único modo de fazer de meu destino uma epopéia, pois todas as outras saídas me desqualificavam de antemão...

Wissam matou três carneiros para nos presentear com um *mechui* digno dos grandes dias. O reencontro é emocionante; mantenho-me com dificuldade sobre minhas pernas. Uma época inteira volta a galope, sublime como uma *fantasia de cavalos árabes*. Apresentam-me as crianças ainda de colo, assustadas com tanta festa, as novas alianças, os futuros parentes. Vizinhos acorrem, antigos conhecidos, amigos de meu pai e velhos moleques. A festa ganha a aurora.

No quarto dia, a casa do patriarca recobrou a calmaria. Faten voltou ao domínio das coisas. Tia Najet e o decano passam seus dias no pátio, a olhar a dança dos insetos sobre o pomar. Wissam nos pede permissão para voltar a Janin. Um telefonema chamou-o aos deveres. Embala suas coisas, abraça os velhos, sua irmã Faten. Antes de nos deixar, diz que tem sorte de me ter conhecido *a tempo*. Não atinei com o sentido desse *a tempo*; eu não estava tranqüilo, vendo-o partir — algo em seu olhar me fez lembrar Sihem na estação e Adel curvado no pequeno pátio pedregulhento, em Janin.

Não me arrependo dessa estada entre os meus. O calor que me oferecem reconforta-me, sua generosidade me acalma. Partilho meus dias entre a fazenda, a companhia do decano e da *hajja* Najet e a colina, onde encontro o velho Zeev e suas histórias hilariantes sobre a credulidade da gente simples.

Zeev é um personagem fascinante, um tanto louco, mas sábio, uma espécie de santo infringindo sua condenação ao exílio, que prefere tomar as coisas como elas são, desordenadas, para depois proceder à triagem, como se toma um trem em marcha, achando que toda descoberta é uma riqueza mesmo para quem é chamado a cumprir destinos inclementes. Se dependesse dele, trocaria de bom grado seu cajado de Moisés por uma vassoura de feiticeira e se divertiria tornando seus sortilégios tão terapêuticos quanto os milagres que promete aos condenados da Terra que vêm implorar sua misericórdia, fazendo passar sua privação por abstinência e sua marginalização por ascese. Com ele, aprendi muito sobre as pessoas, e sobre mim mesmo. Seu humor atenua o fardo das vicissitudes, sua sobriedade mantém à distância as malfeitorias de uma realidade que abandonou suas próprias promessas, que matou suas próprias esperanças. Basta escutá-lo para que eu esqueça meus temores. Quando se lança em teorias torrenciais a respeito da fúria dos homens e de suas vaidades, nada mais o retém; leva tudo de roldão, sobretudo a mim. "A vida de um homem vale muito mais que um sacrifício, por mais supremo que seja", diz, sustentando meu olhar. "Porque a maior, a mais justa, a mais nobre das Causas desta terra é o direito à vida..." Esse homem é um regalo. Tem a virtude de não se deixar tragar pelos acontecimentos, a decência de não ceder ao jugo dos infortúnios. Seu império? O casebre miserável onde mora. Seu banquete? A refeição que partilha com aqueles de quem gosta. Sua glória? Uma simples lembrança guardada com os que lhe sobreviverão.

Conversamos horas a fio, sentados no cimo da colina, sobre uma pedra, as costas viradas ao Muro e o olhar obstinadamente voltado para os poucos pomares que ainda restam no território tribal...

Foi me despedindo dele, uma noite, que a infelicidade me alcançou: mulheres vestidas de negro enchem o pátio. Faten mantém-se afastada, a cabeça nas mãos. Os soluços cadenciam os gemidos, enchendo a fazenda de maus presságios. Alguns homens conversam perto do galinheiro; são parentes, vizinhos.

Procuro o decano, não o vejo em parte alguma.

Teria morrido?...

— Está em seu quarto — me diz um primo. A *hajja* está a seu lado. Não suportou a notícia...

— Que notícia?...

— Wissam... Caiu no campo de batalha, esta manhã. Encheu seu carro de explosivos e arremessou contra um posto de controle israelense...

Os soldados tomam o pomar de assalto ao nascer do dia. Chegam em seus veículos gradeados, cercam a casa do patriarca. Um porta-tanque transportando um buldôzer os acompanha de perto. O oficial pede para ver o decano. Com Omar doente, sou eu quem o represento. O oficial me informa que, em resposta à operação kamikaze perpetrada por Wissam Jaafari contra um *chek-point* israelense e de acordo com as instruções que recebeu de seus superiores hierárquicos, temos meia hora para evacuar a casa e permitir que procedam à sua destruição.

— Como assim? — protesto. — Vão destruir a casa?

— Restam vinte e nove minutos, senhor.

— De jeito nenhum! Não vamos permitir que destruam nossa casa. O que significa essa história? Para onde vão as pessoas que moram aqui? Há dois velhos quase centenários que tentam bem ou mal cumprir com decência os poucos dias que lhes restam. Não podem fazer isso... Esta é a casa do patriarca, a referência mais importante da tribo. Saiam daqui imediatamente!

— Vinte e oito minutos, senhor.

— Vamos ficar dentro da casa. Não arredaremos pé.

— Isso não é problema meu — diz o oficial.

— Meu buldôzer é cego. Quando avança, vai direto até o fim. Estão avisados.

— Venha — diz Faten, puxando-me pelo braço. — Essa gente não tem mais coração que suas máquinas. Salvemos o que pudermos e vamos embora.

— Mas vão destruir a casa — gritei.

— O que é uma casa quando se perdeu um país? — suspira ela.

Soldados descem o buldôzer do porta-tanque. Outros mantêm afastados os vizinhos que começam a chegar. Faten ajuda o decano a acomodar-se em sua cadeira de rodas e o deixa abrigado no pátio. Najet não quer levar nada consigo. "São as coisas da casa", diz ela. Como nos tempos antigos, quando os senhores eram enterrados com seus bens. Essa casa merece guardá-los. É uma memória que se apaga com seus sonhos e suas lembranças.

Os soldados nos obrigam a manter distância. Numa pequena elevação do terreno, Omar está alquebrado em sua cadeira — acho que não percebe o que se passa. Olha toda a agitação à sua volta sem verdadeiramente notá-la. *Hajja* Najet mantém-se digna em pé atrás dele, Faten à sua esquerda, eu à direita. O buldôzer urra como um elefante, soltando uma espessa nuvem pela chaminé. Suas esteiras de aço rasgam ferozmente o solo girando sobre si mesmas. Os vizinhos contornam o cordão de isolamento delimitado pelos soldados e juntam-se a nós em silêncio. O oficial ordena a alguns de seus homens que verifiquem se não há mais ninguém no interior da casa. Depois de se certificar de que a casa está vazia, faz sinal ao condutor do buldôzer. No momento em que derrubam a cerca, uma cólera sem freios me invade e me lança contra a máquina. Um soldado intercepta-me; empurro-o e arremesso com ímpeto sobre o monstro que devasta minha história. "Parem", grito... "Pare!", intima o oficial. Outro soldado me barra o caminho; sua coronhada me atinge na mandíbula e eu vergo como um tecido que se desprega do varão.

Fiquei o dia inteiro no umbral da casa, a contemplar o monte de escombros que um dia, sob um céu reluzente, há anos-luz, foi meu castelo de pequeno príncipe dos pés nus. Meu bisavô construiu-a com as próprias mãos, pedra sobre pedra; quantas gerações ali brotaram, os olhos maiores que o horizonte; quantas esperanças foram amealhadas nesses jardins... Bastou um buldôzer e tão pouco tempo para reduzir a pó toda a eternidade.

Perto da noite, quando o sol se esconde atrás do Muro, lá longe, um primo vem me buscar.

— Não serve para nada ficar aqui — me diz ele. — O que está feito, está feito.

*Hajja* Najet voltou para a casa de sua filha, em Tubas.

O decano achou refúgio junto a um bisneto, em um povoado não longe dos pomares.

Faten trancou-se em um mutismo impenetrável. Preferiu ficar ao lado do decano, no casebre miserável de seu bisneto. Sempre cuidou do velho e sabe como a tarefa é penosa. Sem ela, Omar não agüentaria. Cuidariam dele, no começo, mas depois terminaria abandonado. Foi por isso que Faten quis viver na casa do patriarca. Omar era seu filho. Mas quando o buldôzer foi embora, levou com ele a alma de Faten. Agora, é uma mulher desvitalizada, de olhar esgazeado e silenciosa; uma sombra esquecida em um canto qualquer, esperando a noite para com ela confundir-se. Uma tarde, voltou ao pomar sinistrado, os cabelos soltos nas costas — ela, que não sabia viver sem o véu —, e ficou em pé a noite inteira nos escombros debaixo dos quais jazia o essencial de sua vida. Não quis me acompanhar quando fui buscá-la. Nem uma lágrima rolou de seus olhos vazios, de seu olhar vidrado, desse olhar que não engana e que aprendi a temer. No outro dia, nem sinal de Faten. Viramos céu e Terra para encontrá-la; volatizara-se. Vendo-me alvoroçar os povoados vizinhos, e de medo de que as coisas se envenenem ainda mais, o bisneto me chama de lado e confessa:

— Ela está em Janin. Fui eu quem a levou. Insistiu muito. De todo modo, ninguém pode muita coisa. Foi sempre assim.

— O que está dizendo?

— Nada...

— Por que ela foi a Janin, e para a casa de quem?

O bisneto de Omar dá de ombros.

— São coisas que gente como você não entende — me diz, afastando-se.

É então que compreendo.

Tomo um táxi e volto a Janin; surpreendo Khalil em sua casa. Acha que vim acertar contas com ele. Acalmo-o. Só quero ver Adel. Adel logo chega. Aviso do desaparecimento de Faten, e digo-lhe que suspeito as razões dessa fuga.

— Nenhuma mulher se juntou às nossas fileiras esta semana — diz.

— Tente ver do lado da Jihad Islâmica ou das outras falanges.

— Nem adianta... Já é difícil nos entendermos. Depois, não prestamos contas uns aos outros. Cada um leva sua guerra santa como bem entende. Se Faten está em algum lugar, é inútil tentar encontrá-la. Ela é maior e perfeitamente livre para fazer o que quer de sua vida. E de sua morte. Não há dois pesos e duas medidas, *doutor*. Quando se aceita pegar em armas, deve-se aceitar que os outros também o façam. Todos têm direito ao seu quinhão de glória. Não se escolhe seu destino, mas é bom escolher seu fim. É um modo democrático de dar um basta à fatalidade.

— Encontre-a — suplico.

Adel balança a cabeça, aflito:

— Continua a não entender nada, *ammou*. Preciso ir, agora. Xeque Marwan vai chegar de um momento para outro. Dentro de uma hora, fará uma prédica na mesquita do bairro. Devia ouvi-lo...

É isso, pensei: Faten provavelmente veio a Janin receber a bênção do xeque.

A mesquita está abarrotada de gente. Cordões de milicianos protegem o santuário. Posiciono-me num canto da rua e vigio a ala reservada às mulheres. As retardatárias apressam-se à sala das orações por uma porta escondida na parte de trás da mesquita, algumas sufocadas em longas vestes negras , outras com seus véus de cores vivas. Não vejo Faten. Contorno o quarteirão para me aproximar da porta traseira onde uma mulher forte monta guarda. Fica escandalizada ao me ver desse lado do santuário, onde, por pudor, nem mesmo os milicianos se aproximam.

— A entrada dos homens é do outro lado — me avisa.

— Eu sei, irmã, mas preciso falar com minha sobrinha, Faten Jaafari. É urgente.

— O xeque já está no *minbar*.

— Sinto muito, minha irmã. É preciso mesmo encontrá-la.

— Como é que vou fazer para achá-la? — enerva-se. — Há centenas de mulheres no interior da mesquita e o xeque vai começar sua prédica. Não vou tirar o microfone de sua mão. Volte depois das preces.

— Você a conhece, irmã, sabe se ela está aqui?

— Quê? Nem tem certeza de que ela esteja aqui e vem me amolar numa hora destas? Vá embora, ou eu chamo os milicianos.

Devo esperar o fim da prédica.

Volto a meu canto, no ângulo da rua, de modo a não perder de vista a mesquita e a ala reservada às mulheres. A voz arrebatadora do imã Marwan ecoa no alto-falante, soberana no silêncio sideral que paira sobre o bairro. É praticamente o mesmo discurso que escutei no táxi clandestino, em Belém. De tempos em tempos, uma algaravia entusiasta saúda os repentes líricos do orador...

Um carro freia diante da mesquita; dois milicianos saltam, agitando seus talkies-walkies. Parece coisa séria. Um deles aponta para o céu com um dedo febril. Os outros confabulam antes de ir atrás de um responsável; é o homem vestido de pára-quedista, meu carcereiro. Leva o binóculo aos olhos e escruta o céu durante vários minutos. Uma confusão principia em torno do santuário. Milicianos se põem a correr em todas as direções; três deles passam por mim, ofegantes... "Se não vemos um helicóptero, é porque se trata de um lança-bombas", arrisca um. Olho-os subindo a rua a toda a pressa. Mais um carro pára na frente da mesquita. Seus ocupantes gritam alguma coisa ao homem de roupa de pára-quedista, dão marcha a ré num ronco inquietante do motor e correm em direção à praça. O sermão foi interrompido. Alguém pega o microfone e pede aos fiéis que mantenham a calma; pode ser um alarme falso. Dois 4X4 acorrem de improviso. Os fiéis começam a evacuar a mesquita. Impedem que eu enxergue a ala reservada às mulheres. Não posso dar a volta no quarteirão sem correr o risco de perder Faten, caso ela saia pela porta de trás. Decido passar pela frente da entrada principal, rompendo a multidão, e ir diretamente à ala das mulheres... "Afastem-se, por favor", grita um miliciano. "Deixem o xeque passar..." Os fiéis acotovelam-se para ver o xeque mais de perto, tocar uma aba de seu *kamis*. Uma ressaca me levanta no meio da confusão quando o imã aparece na soleira da mesquita. Tento livrar-me dos corpos em transe que me oprimem, em vão. O xeque desaparece em seu carro, agita uma mão atrás da janela blindada, enquanto seus dois guarda-costas se acomodam a seu lado... Depois, mais nada. Alguma coisa riscou o céu e fulgurou no meio da rua, semelhante a um raio; sua onda de choque atingiu-me em cheio, deslocando o tropel desarvorado que me mantinha cativo de seu delírio. Em uma fração de segundo, o céu desabou, e a rua, antes cheia de fervor, agora era só tumulto. O corpo de um homem, ou então de um menino, atravessou minha vertigem como um raio escuro. O que é isso?... Uma onda de pó e fogo veio me engolir, lançando-me entre mil projéteis. Tenho a vaga sensação de que vou me desfiando, dissolvido no sopro da explosão... A alguns metros — ou então a anos-luz — o veículo do xeque queima como uma tocha. Dois espectros ensangüentados tentam retirar o imã do braseiro. As mãos nuas, desmancham as ferragens incandescentes, quebram os vidros, correm às portas. Não consigo me levantar... Os uivos de uma ambulância... Alguém se inclina sobre meu corpo, ausculta-o sumariamente e se afasta sem se voltar. Vejo-o ajoelhar-se diante de um amontoado de carne carbonizada, tatear-lhe o pulso e depois fazer sinal aos padioleiros. Outro homem vem tomar meu pulso, para logo deixá-lo cair... "Este já foi..." Na ambulância, minha mãe me sorri. Quero tocar seu rosto; em vão; nada em mim obedece. Tenho frio, tenho dores, sofro. A ambulância adentra o pátio do hospital uivando; as portas se abrem à vista dos padioleiros; levantam-me e me põem num corredor, pelo chão mesmo. Enfermeiras passam por cima de mim, correndo em todas as direções. Macas vão e vêm em um balé vertiginoso, carregadas de feridos e de horror. Espero pacientemente. Não compreendo por que ninguém se demora junto a mim; param, olham-me e partem; não é normal. Outros corpos são alinhados ao lado do meu. Alguns reúnem seus próximos, provocando choros e gritos das mulheres. Outros estão irreconhecíveis; não se pode identificá-los. Só um velho ajoelhou-se à minha frente. Evocou o nome do Senhor, levou a mão a meu rosto, baixou minhas pálpebras. Súbito, todas as luzes e todos os sons do mundo se interrompem. Um medo absoluto me invade. Por que ele fechou os meus olhos?... Não consegui abri-los novamente. Então, entendi: é isso; acabou, *não estou mais aqui...*

Num último sobressalto, quero ainda me dominar; nem uma das minhas fibras palpita. Só há esse rumor cósmico que trauteia, me invade pouco a pouco, e já me torna nada... De repente, do mais profundo dos abismos, um vislumbre infinitesimal... Agita-se, aproxima lentamente sua silhueta; é uma criança... que corre; seu passo fantástico faz recuar as penumbras e as sombras... *corra,* grita a voz de seu pai, *corra...* Uma aurora boreal cobre os pomares em festa; os galhos põem-se a brotar, a florescer, a vergar sob o peso de seus frutos. A criança margeia o mato e corre ao Muro, que se desfaz como uma parede de papelão, descortinando o horizonte e exorcizando os campos que se estendem sobre planícies a perder de vista... *Corra...* E a criança corre, o riso aberto, os braços como as asas dos pássaros. A casa do patriarca ergue-se das ruínas; suas pedras espantam o pó, voltam a seu lugar numa coreografia mágica, os muros se levantam, as vigas no teto se cobrem de telhas; a casa do avô está em pé, radiosa, mais bela que nunca. A criança corre mais rápido que os sofrimentos, mais rápido que o destino, mais rápido que o tempo... *E sonhe,* impele o artista, *sonhe que é belo, feliz e imortal...* Como liberada de suas angústias, a criança vai-se sobre a aresta das colinas batendo os braços, a cara resplendente, as pupilas em regozijo, e lança-se ao céu, levada pela voz de seu pai: *podem te tirar tudo; teus bens, teus mais belos anos, todas as tuas alegrias e todos os teus méritos, até tua última roupa — sempre restarão teus sonhos para reinventar o mundo que te confiscaram.*

Esta obra foi composta por Eveline Teixeira em
Iowan e impressa em papel off-set 75g/m² da
SPP-Nemo pela Bartira Gráfica e Editora para a
Sá Editora em fevereiro de 2006.